謹以本書紀念　梅新先生

序

王邦雄

長久以來，只寫哲理性的文字，偶而在報刊翻閱文學性的散文，由於太現代新潮，或太都會迷幻，讀來總不相契，好像跟自家生命有隔，可以旁觀品味，卻難以觸動心弦。

這十幾天瀏覽了《九十九朵曇花》的三十二篇敘事兼抒情的文字，真是充滿了驚喜讚歎之情，好似久別的知己重逢的親切，這才是真正的鄉土文學，沒有意識形態的堅持，純然是生命真情的寫照。

作者何修仁先生，是我應聘到中央大學中文系任教的第一班學生，他當班代表，一臉鄉土，樸質無華。只聽聞余傳韜校長很喜歡他，說是大一報到入學，徘徊在校門口，流露不知何去何從的青澀惶惑，校長親自接引，就此展開了一個農村子弟的成長蛻變歷程。

做為他大四階段的導師，又在碩士班帶他們的道家哲學課程，說來慚愧，對他一路走來的心情故事，竟是所知有限；甚至兩度帶領「趙廷箴文教基金會」所支持的訪問團前往大陸觀光旅遊，朝夕相處前後有二十八天之久，也未能深入談心。他在聯合工專任教，校長邀請我連續做了四個講次的週會人文講座，由他引領校長座車接送，一路上也敘舊聊天，或許是做為學生的謙退，老是請益受教，師生間的雙向溝通之門，一直未充分開啟。

這樣的遺憾，在讀了他發表在各報副刊的鄉土親情系列，總算解消。師生十年，正如孔子所謂的「吾無隱乎爾」，彼此不做隱藏，真誠相見，卻被自己的學問進路與生命風格遮蔽，這是人與人間親情友好的無奈傷痛，總要在悲情痛感的時刻，才會有真情實感的生命對話。

他在屏東大武山下的龍泉村長大，六公里外的三地門，風光幽美，有如桃花源般，給出兒時歡笑的寬廣空間。三十二篇文字，構成一大幅鄉野圖畫，為失落的臺灣鄉土，留下了歷史的見證，讓失憶流落的現代人，保存年少根深的成長軌跡。

他寫紅瓦厝、木板屋的老家，寫黃泥路、後花園的童年天地，寫樵夫樵歌、灶火炊煙、大秤出豬的風土人情，寫伯勞鳥、白鷺鷥、麻雀的田園交響曲，寫父母教畫的樸拙野趣，寫姑婆妯娌的閒靜話語，寫醉酒小叔的狂歌，做山小嬸的壯碩，表妹美雲的破碎，與故土鄉情的失落，寫堂哥堂嫂的同甘共苦，無怨無悔，寫阿嬤的箱奩、父親的熱水瓶，在在都「在平淡中見出海闊天空」，讓人回味無窮。

或許是他的幸運，寫作路上出道稍晚，一者避開了寫男女愛情的濃冽黏著，二者深化了人生歲月的感受體驗，才能把親情鄉土寫得如此生動傳神，有如一幅幅活生生的畫面在眼前映現。寫得最溫馨的是〈九十九朵曇花〉，寫得最真摯的是〈鄉情是一間搖墜的木板屋〉，寫得最有趣味的是〈後花園〉的想像時空，寫得最富哲理的是〈沒有心靈界限的地方〉。

他寫的是親情跟鄉土，正是臺灣社會快速流失的兩大品質，讀其書如見其人，不僅打開了師生間心志溝通的大門，也為故土鄉情與家人親情，留下了群體的記憶。我個人深受感動，也願與天下有心人共同分享，盼望他在往後的歲月，仍以樸質無華的文筆，寫出野趣厚實的鄉土篇章，為臺灣文學開拓另一清新的天地。

九十九朵曇花　目次

故鄉

田園

父母

父母親終究不能稱為畫家，
他們的畫也顯然登不上藝術的殿堂。
但他們從不計較這一切；他們希望擁有的，
只是在這人生旅程上，隨時不忘自己為人父母的本分，
隨時不忘釋放愛意與親情，
真心期待他的小孩日後能夠超越自己，
不只是會畫些簡單的魚、牛，
更能夠鋪展一切人生的大學問。

九十九朵曇花

所有花卉中，我對曇花有著獨特的感情。這當然不只因為曇花出塵的美罷了；而是看到曇花，總會令我想到去世多年的母親。我總覺得，母親是曇花的化身，而曇花也是母親的化身。

以前家裡種了幾株曇花，每次開花時，我們總喜歡數一數開了幾朵？而通常地，數目都在七、八十朵以上，最常的是九十到一百朵左右。滿莖的曇花，清香四溢，漫得整個庭院都是曇花清香，不需要特別留意，便知道曇花又開放了。

這幾株曇花一次開那麼多朵，有時講給別人聽，人家都以為我們開玩笑。他們很少看見一次就開上百朵的曇花，覺得曇花一次開五、六朵已經極為難得，怎可能漫天肆放呢？然而這是真的，連我都很懷疑，為何這幾株曇花竟這麼不可思議地年年開放！

唯一的解釋，只能說它是母親親手栽植的。而母親已離我們而逝，曇花的開放，就是母親又回來和我們相會了！

母親種植這幾株曇花是有理由的。因為母親身體一直不好，加上早年物質環境缺乏，又必須操勞一家大小工作，沒多久母親便累倒了，看西醫也一直沒有好轉現象。於是有人建議母親，倒不如採些曇花，加冰糖熬煮來吃，聽說對身體很有幫助。

那段期間裡，母親便到處向左鄰右舍探問那戶人家有種曇花？有的話便要來一兩朵，回家煎煮服用。鄉親們也都極和善，知道母親需要，通常都會在前一夜便通知母親，說要趁著最新鮮時採用，效果才會更好。因為曇花這種花是經不過幾刻鐘的，晚了時辰，就要凋謝了！

不過，村子裡種曇花的人家不多，縱使有也只是偶爾的兩、三朵，不夠母親摘食服用。於是又有好心的村民建議母親：倒不如摘幾片曇花葉回家，自己種植來得方便。又說曇花這種花極容易栽植，只要任意插在土裡，有了泥土與雨水的滋潤，沒多久便可開花了。到時候，母親就不用到每戶人家奔波地探問。

母親真的向親朋們要了幾片曇葉回家，就種在庭前左側的一小方泥土裡。而奇妙的事發生了，那幾片看來不起眼的曇葉，起先還有些枯萎呢！但幾個星期過後，卻一一地冒出新芽，並且以極快的速度長出枝莖。我們全家都望著這幾片曇葉，心裡想著，沒多久我們就有自己的曇花了！不僅可以欣賞曇花出奇的清美，母親也不必到處向人問尋了！她的病也很快就可以好起來了！

果然，種植還不到一年，曇花便已長得四、五尺高，開花的季節就將來臨！一個下午，母親在澆水的時候，發現葉脈上多了好幾個花苞，我們感動得淚都快流出來了！這幾株曇花，其實象徵著我們全家的希望。

有了花苞後，開花便不遠了。曇花生長的速度極快，一夜之間可以長出一、兩寸，如果沒有仔細留意的話，經常隔天醒來就只能看到凋萎的花瓣，錯過飽滿盛開的景象。因此開花前一夜，全家人都極其興奮，能看到自己親手種植開放的花蕊，再也沒有比這更令人愉悅的事情。

約莫傍晚時分，吃過晚飯後，我們就點亮了前庭的小燈，然後搬出凳子守在曇花身邊。到了七、八點時，經驗豐富的父親便鄭重地告訴我們：仔細看，曇花要開了，眼睛不要眨，不然馬上就謝了！

當然曇花沒那麼快謝，不過真的可以看到曇花花瓣緩緩張開的樣子，我們都說那是「慢動作」，由原來的尖橢圓形的花苞，一層一層地剝開，慢慢地綻放著，直到所有的鬚瓣都清清楚楚地展現。並且，不論花瓣原先是向上或向下，到了花開時，都朝著唯一的方向挺立。雖然曇花瓣本身是那麼秀麗稚弱，但當開花時卻彷如有無限的生命力，正往著夜空昂揚奮發著，讓人感受縱使只是一株小花，同樣有著最強旺的生命。看到曇花的開放，就覺得生命從此有了希望。

我永遠無法忘懷曇花開放的夜，因此以後每逢花期到來，那天晚上我們都不想睡覺了，覺得能看曇花的開放是多麼幸福的事。只可惜的是，我也有著像平常人一樣的感嘆，嘆惜曇花一現，為何不能多展露片刻的時辰？不過這種感傷是短暫的，因為種曇花還是用來作藥，等到盛開完後，母親便會不捨地將曇花切下來了。

切下來的曇花，配合冰糖熬成藥汁時，曇花依然是清香美麗的。不像一般的中藥，煎出來的藥汁總是苦澀黑沈，曇花的藥汁是清秀的，連湯汁也是清澈見底，可以看到碗底略帶粉紅的花瓣。它總讓我們相信，喝下這麼清涼退火的曇花湯汁，母親的病一定會好起來的。

那知事與人違，母親的病不只是身體虛弱而已，而是肝癌絕症，縱使喝下九千九百九十九朵的曇花湯汁，依然無法挽回母親的生命，她終究離我們而去，只剩那幾株曇花依然開放在我家前庭。

這幾株曇花在母親去世後依然年年開放，而且愈長愈大，愈開愈多，盛況最多時都超過一百朵，是否母親想藉著曇花的開放，告訴她的子女，她在天國活得很好呢？

真的，我總覺得母親就是曇花的化身。母親的靈動身影，清秀的面龐，都如曇花一般地清新可人。然而母親卻也如曇花一現，在她生命最美好的時光，忽然地就離開我們而去，那一年她三十九歲，家庭逐漸穩定了，子女也即將長成了，但她卻在開了最後一次盛放的花朵後，復歸於塵土。

因此，所有花卉中，我對曇花有著獨特的感情。這當然不只因為曇花出塵的美罷了！而是看到曇花，總會令我想到母親。因此在母親去世的那幾年裡，看庭院曇花的開放，成為既高興，卻又略帶感傷的事。

但這幾株曇花的感情卻一發不可收拾，或許母親惦念著她三個未長成的子女吧！曇花愈開愈茂，最後漫佈那片小土地，並且高達一丈多，都超出我家的紅瓦厝了。要不是因為沒有紅瓦厝的牆壁可攀爬，它鐵定會長到三、四丈之高。後來，這幾株曇花則在長到屋頂高度時，枝莖往下垂了下來，濃茂的程度，讓父親不得不加以修剪了！最後，父親只留下莖幹最粗的那株，其餘的都剪下丟棄了！

其實父親很捨不得剷除那幾株曇花。父親對母親的愛意很深，他總還不太相信母親已逝，所以一直保留著這片曇花叢，每年看著百朵的曇花開放。母親去世後的幾年裡，每到曇花開放的前夜裡，他一定不忘向我們幾個子女提起，要我們明天守在曇花旁，千萬別漏掉觀賞曇花的開放！

我們怎可能漏掉呢！早在結苞時就已關心備至了，而在開放那夜，更依如從前時光一般地守候，不肯遺漏半朵。彷彿看到曇花，就又想到了母親。

不過，曇花雖然年年開放，母親卻是一去不復返了。最近的幾年裡，我們三個子女都已長大成人，紛紛地在外地他鄉開創事業的前途，只留下家鄉孤獨的父親，以及那株僅剩的曇花了！

我每次回鄉，都會看看這株曇花，卻發現這株曇花彷如不死一般。雖然沒有人刻意照顧它，但它的生命力卻如此旺盛，莖幹老厚，葉脈飽滿，一看就知道是歷經歲月風霜後散發的無限光輝。並且，好幾次我都看到這株曇花依然開放數十朵的花苞，幾次好奇地數一數，少的話總還有三、四十朵，多的話，仍然逼近百數，就如以前的盛況一般。後來，我告訴自己，其實這株曇花每次都是開九十九朵，它象徵著母親與我們的感情是永久而不易的！

這次的年節返鄉，父親帶領我們三個子女祭祖完畢，在庭院燒著香紙時，妹妹突然回頭望了曇花一眼，口中並且說：「我們家的曇花真的好大棵，講給人家聽，人家都不相信。」接著三個子女都笑得開懷極了！

父親也笑了，不過他的笑是淡淡的淺笑，他望著曇花，口中說道：「這株曇花是你們媽媽親手栽植的，捨不得挖掉，算是一種紀念吧！」雖然父親講得極輕鬆，但我卻看到他眼中無限的深情。真的，有了這株曇花，全家人生命的血脈又都串連起來了。

前些時候，我摘了一片曇花葉，種在我居住的他鄉泥土上，雖然不像家鄉的曇花那麼奔放，但也開放一朵同樣清香怡人的花蕊。開放的那一夜，我的心情愉快莫名，彷彿母親的生命就伴隨在我的身側，她是不曾離開我們的啊！

夢母親

母親去世後的幾年裡，我的夢中一直出現她的身影。雖然我如今已長大成人，但卻經常幼稚地以為母親仍未離我而去，否則，她的身影為何這麼清晰可辨呢？

三月

經常出現的夢境是——母親穿著輕便的小素衫，坐在我家紅瓦階前，牽著我的小手，教導我學唸客家話：「昨本日」、「今本日」。然而，通常還沒有到「天公日」的時候，夢就已醒了！

母親是客家人，所以傳承客家的勤樸節儉個性。當初她是背著外公的心意嫁給我父親的，因此日子可以想像的辛酸苦楚。其中原因，主要當然是因為父親的貧困，外公擔心他無法給母親良好的生活條件；其次，則因為父親是閩南人，在三、四十年前，閩南人和客家人之間似乎還有道無法跨越的鴻溝！

我外公便不太欣賞閩南人，他總覺得閩南人仗著人多，總是欺負勢單力孤的客家人。所以，他賴以為生的本領——客家米食「米苔目」，我們村裡的人通常不太喜歡吃，村人寧可選擇大陸來的麵條裹腹。這點，經常叫外公面露愁容。

所以我印象中的外公是非常嚴肅的，他總是不太笑，成天就是在庭前種花蒔草，碰見左鄰右舍也不大打招呼。除非，那天從遠地來了親戚後，他才會露出開懷的大笑，將滿臉的皺紋擠成窄窄一堆。因此，為了這點閩、客的分別，所以外公不太喜歡我的父親，況且，父親又是那麼窮。

父親窮到只能到後山幫人除草維生，賺取一個月幾十元的薪資，補貼家中十多口的零用。因此，父親幾個兄妹都看年歲不好，於是紛紛出外打拚，只留下父親仍守著老家，獨力照顧我的奶奶。這麼一來，外公的話就多了：「唯一的女兒，說什麼也不能嫁給欽祥！」

幸好，有兩件事成全了這段婚姻。一件是母親的執著，她認為父親雖窮，但忠誠老實，他日必能體貼照顧這個家庭，所以且忍著目前的艱難，有朝一日會見到青天的；另一件是外婆的不忍，她認為父親雖是閩南人，但只要能與母親兩情相悅，這兩個族群之間不應再有隔閡了。時代那麼進步，有些人家都有電視機了，怎麼還要分閩南與客家？

於是，固執的外公終於抵擋不住母女的同心，而在接近半私奔的情況下，母親嫁給父親。雖然外公一直否定這段婚姻，甚至揚言斷絕父女的關係，然而親情終究勝過一切，大約一年後，外公還是逐漸接納父親了。甚至，他還將客家米食「米苔目」的本領傳授父親，後來成為我家最主要的經濟來源。

只不過，這麼一傳承下，便注定父母親都得在清晨三、四點就要起床了，因為要趕著送米苔目給早市的店家。而很奇怪地，自從父親以「閩南人」的身分接手這項技術後，村裡的人們也開始接納這項米食了，他們認為滑口香甜，並不比大陸來的麵條難吃啊！漸漸地，村人也就忘了米苔目原來是客家米食，因而也就逐漸忘了外公的嚴肅面目。後來有一段時間，我經常看到外公和幾個村裡老翁，在庭前聊天到忘了吃飯哩！我想這是因為父親的緣故。

因為父親的勤奮，所以我家雖然不能稱為富有，但卻已可稱上穩定。因為父親除了做米苔目外，還到國小當工友，他通常在清晨七時許將米苔目做好，交給母親載到市場販賣，然後自己便騎著腳踏車到學校上班。而這時日頭約略已白，我們三兄妹也忙著上學，而母親則早已在市場親切地販售著那籠米苔目了！這樣的日子，令我如今想來懷念不已。

母親大約在十點多就會賣完整籠的米苔目，然後回家整理家事。這時母親通常會換上輕便的小素衫，然後等我放學回家時，牽著我的手陪她坐在階庭下，教導我學唸客家話，因為自從母親嫁到我家後，便一直跟著父親使用閩南話，久了之後，我們有一半客家血統的三兄妹竟都不會講客家話了，這對母親來說無疑有些遺憾。她經常對我說：「你是老大，要會講一些客家話，以後可以教弟弟妹妹，不要忘了！」於是，我那時經常在階庭前跟著母親學唸「昨本日」、「今本日」、「天公日」，然而，我終究還是沒有學會，因為母親後來便離我們而逝了！

如今，我的夢中依然經常出現跟隨母親學客家話的情形，只不過，通常還沒有唸到「天公日」的時候，夢就已醒了！

七月

經常出現的夢境是：母親穿著灰色的工作服，手臂包上條布巾，帶我到村裡阿火伯的大庭前，那裡很多婦人在剁鳳梨頭作為飼料原料，賺取外快。然而，通常剁完要領工錢時，夢就已醒了！

通常母親在上午忙完家事，照料好奶奶讓她睡覺後，便會從廚房裡拿出兩條黑色臂巾，套在原本白細的手臂上，然後用一條花色方巾裹住頭臉，說是要到阿火伯那裡剁鳳梨頭。而如果碰到我下午不必上課，便會問我要不要跟去？她說有時候可以從鳳梨頭堆發現一、兩顆完好的鳳梨，而只要是誰發現，誰就可以帶回家吃。

我愛玩的心總是會跟著去，除了那個像是尋寶的心情外，也因為可以和許多小孩一起玩耍。我們這個村子，剁鳳梨頭就好像是養豬一樣的副業，許多家庭婦女都會來的，而通常地，她們也都會帶著自己的子女前來，於是，這片大庭就成為我們小孩遊玩翻天的場所了。

不過我們通常會先陪著母親剁鳳梨頭。我們幾個小孩子，都會蹲在自己母親身旁，隨著她們談些村裡發生的各樣事情，東家長、西家短，那種今天聽了明天便會忘掉的閒話。因此沒多久後我們就覺得煩了，而這時母親們則會叫我們把已經剁好的鳳梨頭裝進麻袋，而只要裝了兩、三布袋後，我們便知道接下幾天的飯菜會好一些。於是在裝袋的時候，其實我們都笑得很開心，在那裡比拚著誰家母親剁的鳳梨頭較多？然後，就看見諸家母親笑得更愉快了。

陪伴母親剁鳳梨頭的那段歲月，我有時會在鳳梨頭堆中發現完好的鳳梨，這通常是山上的鳳梨農場採收時留下來的。其實，在我們這個村裡，吃鳳梨並不是件難事，滿山滿谷都是呢！只要想到，隨便到山上鳳梨田裡一採，便叫你吃不完了，而且沒有人會認為你在偷鳳梨。只不過，那種滋味卻不及在阿火伯庭前的感覺，有一種突然發現寶物的收穫。那時候，只要在鳳梨頭中發現一顆完好的鳳梨的話，馬上成為整個後院工作場的大事，大家都會為你祝福，至於你要不要當場剖來吃了，則完全是你的權利，連工頭老闆都管不著哩！

我的選擇通常是帶回家，因為可以讓奶奶及父親高興一下，那時，我總有那麼點虛榮感。不過，在阿火伯家找完好鳳梨的機率畢竟不大，大部分的時光我們依然覺得煩。因此，我們通常在母親已經剁得雙手發麻、熱汗直冒時，便會跑到後院那棵大楊桃樹下遊玩。在屏東這麼酷熱的烈陽下，能在楊桃樹下捉迷藏，成了最幸福的事。況且，逢到楊桃產期，還可以摘來吃，從來也沒人管你。

那時候的楊桃不及今天的大，大概有握拳那麼大就很了不得，而且因為沒有施肥，所以味道也是出奇地酸。但不知怎地？我在今天總覺得不曾吃過那麼好吃的楊桃，一直覺得現代的農業好像退步了！

或許，不是農業退步了吧！而是那個令人懷念的時光已然不再。母親後來就不再去剁鳳梨頭了，因為這項原本是為了做飼料的農產品，逐漸被人工飼料取代，而人們也不必為那幾個零錢忙得滿頭大汗了！況且，母親的身體愈來愈虛弱，她再也無法展露笑容和婦人們東長西短了！

於是我懷念著那段領工錢的時光，剁一袋鳳梨頭便可領幾元硬幣的時光，那時大家笑得多麼開懷啊！而今，我的夢境依然經常出現這幕畫面，婦人家的揮汗如雨下，小孩子的玩笑嬉鬧聲，完好的鳳梨、酸澀的楊桃，還有待發的工資，不過，通常剁完要領工錢時，夢就已醒了。

十一月

經常出現的夢境是——秋風蕭瑟，母親穿著一件毛棉衣，與我們全家人散步在三地門的河堤上。然而，通常等到我想下到河裡玩水時，夢就已醒了！

我住的地方名叫龍泉，她本不是著名的風景區，但這裡的遊人過客卻不少，主要原因是因為六公里外的三地門。這處有山有水的山谷，在南臺灣都算是有名的遊覽地，而通常地，每逢星期例假日我們不必讀書時，父母便會帶我們到這裡散步，看一看秋天的蘆葦在空中飛揚。

我們通常騎兩部腳踏車，因為全家有五個人啊！父親騎著一輛大點的「武車仔」，後座可以載著我，前面的橫槓則可以放著最小的弟弟，而母親則騎一輛「文車仔」，後面便載著妹妹。一家五口，經常這麼走遍附近的山水。

這大約是一段美好的時光，全家沒有任何的負擔。父親不必忙著學校的事情，而母親的米苔目也已經收工，至於我們三兄妹，通常課業都是提早在前一日放學後便會寫好。因此，剩下的便是拿出這個月來的閒錢，買些汽水、零嘴，到三地門郊遊。我記得我已來過這個地方無數次了，但至今對她仍不覺半點厭煩！

這裡有山，是那種清秀的山，只要到了「水門」時，便可以發現一脈的青山迎入眼簾，接著便會看到一些膚色比我們黑的原住民，他們有些還有刺青，或是穿著那種黃黑相間的傳統服飾，再加上有些人家門前都會雕刻百步蛇等圖像，叫我們小孩子看了有點怕。不過，後來我們就知道沒什麼好怕的，他們依然和善得很，而有些原住民小孩後來就和我成為同學呢！我小時候走到這片青山裡頭，總覺得與平地有種不一樣的感覺。

當然這種感覺是連著秀水而來。圍繞三地門青山的便是隘寮溪，寬大約近百公尺，淺的水是清藍色的，深的水是墨綠色的，但都一樣的乾淨。而那些原住民小孩就在水中嬉游，靈活矯健的身影，總叫我們羨慕不已。不過那時因為我們還未學會游泳，所以父母當然禁止我們下水嬉游，他們頂多只是陪伴著我們到淺灘泡泡水，享受有些陰涼的溪水罷了！

因此我們大部分還是在岸上看山的時間居多。這裡有一條長堤，聽說是用來防洪的，因為溪水每次水漲不定，不加防患的話，山下的居民便經常被水所困，於是不曉得從什麼時候開始，這裡築了一條寬約五公尺，長則不明的大堤，溪水再大，村人也不必擔心了！後來，在大堤的下方附近逐漸開出整片的蘆花叢，成了最美的秋天景致。

我每次看到這片蘆花叢，第一想到的便是徐志摩所說的「數大便是美」。真的，那是好大一片，伴隨著青山秀水，會讓人一時忘掉好多的不悅事情。站在堤上看這片青山蘆叢，你可以覺得天地之廣闊，完全地將我們包容其中。那時在長堤上，我們三兄妹總是又笑又跳地，比賽誰先跑到長堤的那頭？而父母親則極其悠閒地散步其上，他們好像在聊著什麼事情似的？只不過我們都不去理會，只覺得父母的笑容很輕鬆罷了！

後來，跑完長堤累了後，我們便會要求父母讓我們到堤下的溪水玩耍，因為這裡的水不深，我們雖矮，但不至於被水沖走的。當然父母也都答應了，於是我們便小心翼翼地沿著長堤累累的石塊而下，走過一片沙洲蘆叢，接著便是沁涼的溪水了。

然而，通常等到我想下到河裡玩水時，夢就已醒了！

一月

經常出現的夢境是——母親穿著大絨衣，抱著弟弟想要親吻他，然而才剛剛抱著弟弟時，夢就已醒了！

屏東是難得有冬天的，這裡的氣候通常是到了冬天時還在穿短褲，照理說應該是最適合人類居住的地方，因此，我們家人的身體狀況一向很好。尤其是父親，他經過那麼多的勞累苦楚，但身體反而愈加健壯像條牛似的。父親比我高，比我壯，因此他經常說雖然已年紀五十餘，但力氣絕對比我這年紀三十出頭的小子還大。而這點，當然是實話。

所以這個家有父親支撐著是不會倒的。雖然不是頂富裕，但一家五口也已叫村人羨慕不已了！只不過，歲月總是不如人願，母親的身體狀況卻與父親恰好相反，當父親愈來愈康健時，母親卻一日虛過一日了！這時任憑屏東的氣候宜人，卻也無法挽救母親的健康！

原先只以為母親是勞累過度而已。因為做米苔目的工作其實很累人，清晨三點便起床，接下來又得忙家事到深夜，所以對一個婦人來說確實嚴苛。因此，記憶中母親經常吃一些藥，那些藥都放在廚房的菜櫃裡，每次要吃飯前或飯後，總是看她配著開水，吞著那些白色的小丸子。只不過，我們其實沒想到母親患的居然是肝癌。

肝癌可能是因為遺傳，但毋寧說工作的勞頓更是發病的一大主因。後來，母親大約在我讀高中時就已經住進省立屏東醫院了，這時父親一人獨力做著米苔目的工作，隨後還到學校上班，而我們三兄妹則忙著上學。父親這時還瞞著我們，對我們說母親其實沒什麼大病，過一時便會好了，所以放學後也不必到醫院看她，只要他自己去照顧便行了。

因此父親只要一有空便是在醫院照顧母親，而家中的三兄妹則是自己煮著簡單的飯菜。我們通常吃得很平靜，因為知道母親沒多久便會回來煮菜給我們吃了！再說，星期日就快到了，村裡的星期日晚上都有夜市，我們一家五口經常會去逛的。

後來，經過幾個星期日後，母親真的回來了，而這時她的氣色也不錯，於是我們全家人又一同散步在夜市裡。我們全都穿著拖鞋，只有母親因為愛美還穿著花鞋子，並且因為天冷，還穿了件極美的大絨衣。這時弟弟還小，我們怕他走丟，所以母親總是拉著他，用暖暖的手傳送母親的情懷。那時，我覺得人生不過也就是這樣美好了！而我印象最深的，是有次在夜市一個小攤前，母親知道弟弟喜歡吃零嘴，於是就想買些來吃。但三兄妹或許知道母親仍在病中，應該存些錢吧！所以便不急著討嘴了。後來，我看見母親蹲下來抱著弟弟，並且親了他一下，說還是買來吃吧！

我始終無法忘懷那一夜，這也是我至今為何喜歡穿拖鞋逛夜市的原因，因為從此以後母親就很少和我們一起逛夜市了。後來經醫生診斷得了肝癌，再送到屏東醫院時已經無法挽回太多時光。醫生建議還是讓母親回來，這樣她還有些時光可以和家人相處。

寫到這裡我已不知眼前的景況了，因為淚水似已模糊稿紙。我只依稀想起母親這時就躺在房裡的角落上，父親則一邊忙著照料母親，一邊忙著煮菜給我們三兄妹吃。後來，母親甚至連下床都已成為不可能，而終於在一個星期天裡，眼皮漸漸闔起，雖然她努力地想睜開眼睛看看我們，但父親總是闔著她的眼皮，不想讓她太過傷心。最後，母親奮力睜開雙眼，望了弟弟一眼後，終於離我們而去。

如今我的夢裡經常出現母親穿著大絨衣，抱著弟弟想要親吻他，然而才剛剛抱著弟弟時，夢就已醒了！

❄　❄　❄

在夢裡，我依然幼稚地相信母親是沒死的，她依然隨時都在父親身側，在照料著我們三兄妹。只不過，為何夢總是會醒，讓我證實母親確已離我而去？為何夢境不能長久啊？

憶童年

對昔日的鄉下小孩而言，學畫是遙不可及的夢想。頂多，他們只能跟著母親蹲在黃泥地上，拿根竹枝拖曳一些稚弱的線條；再不然，便是隨著父親趴在矮木桌旁，拿起蠟筆塗抹一片斑爛的色彩。但經常地，這一蹲便蹲出一個童年最難忘的夢想，而這一趴更趴出一片鄉村最溫馨的情懷。

我很幸運地，成為那一群窮苦但生活清悅的鄉村小孩中的一個。

老家是棟尋常的紅瓦平房，前面有一片泥土庭院。昔日大武山下的人家都用它來擱置犁具、堆放柴薪，或是飼養土雞。然而我家並不務農，因此除了幾籠雞鴨加上一隻黃狗外，大部份的地面倒是閒置著的。我的母親，每日餵好雞鴨後，便會喚我到庭院來，和她一同蹲在黃泥地上，各撿一根枯柴枝，描畫些簡單的動物形象。

當然，鄉下人的繪畫能力是極其粗略的。只不過，鄉居生活的親切與可喜，卻又著實地在母親的心影烙貼下許多自然形象。青山、小河、花樹，凡歸屬大地的痕跡，母親都能以簡略的線條勾出。這些線條在專業畫家看來或許稚弱，但於我而言，卻是十足原始創發的質樸美感。每條線，都是生命幻化的精采；每筆畫，盡是生活鋪就的親切。

其中，母親最喜歡畫魚，她喜歡魚兒的靈動、活潑。而其實，母親的性格，便就和魚兒一樣的靈動活潑。我經常聽一些鄉人長輩提起，年輕時候的母親生長在貧困家庭，但卻出落得眉清目秀、甜巧靈活。每日天色剛亮，母親便挑著米苔目擔兒，踏在晨光漸朗的龍泉村街路上，走一步，還會哼唱一句鄉野的輕歌。清亮的歌聲，總引得整個龍泉村都生動活潑起來。隨後，母親便在市集旁一家雜貨店前停下，放好竹簍，做起小生意。

但，與其說母親是到市集做生意，倒不如說她是上市集幫人排解糾紛來得恰適些。鄉下人家嘛！雖然談不上太多的勾心鬥角，但平日一些小爭執仍是常見的，並且由於鄉民粗獷，一吵起架總是面紅耳赤。這時，就不得不靠著母親那張甜巧的嘴，以及時掛嘴角的和顏悅色來化解糾紛了。母親便像一條輕靈的游魚，在粗礪的岩礁及輕柔的水藻間，無拘無礙地游過。

這便是游魚性格，無入而不自得。中國的傳統繪畫，許多畫魚能手，窮其一生功力便在寫出這樣的精神。所以傳統繪畫中從未見過畫死魚的，而定然都是靈靈潑潑的活魚，自在逍遙地在水裡悠游。並且，畫面雖然不見描繪水紋，但總讓人覺得仍是滿滿活水流遍畫幅，這種境界，在世界畫壇中是絕無僅有的。我們檢視一下西方的畫魚作品，總嫌油彩筆觸凝重負擔，勾動不了魚兒靈動的生命。這是中西方性格的基本差異處。因此，當母親教我畫魚時，便從未曾見過她畫水。雖然她這一生從來不懂歷代有那些畫魚能手，而她手中的枯枝也顯然不及巨匠的筆墨；但無論如何，那簡單的幾筆勾勒，仍不失魚兒的生氣活潑。

我相信，這應是靈動的個性趨使手中枯枝自然生動吧！

母親教我畫魚，通常是選在清爽的傍晚時分，這時黃泥前庭因夕落而有一大片蔭涼的地方。母親總是隨意撿起早晨捆草茵後留下的枯枝，先教我畫個橫躺的阿拉伯數字∞，左大右小，並帶點橢圓弧度，母親說那分別是魚身和魚尾。而在左邊的∞裡面，則輕緩有序地勾上一排排連續的波浪3，且愈到魚尾處愈小，母親又說那就是魚鱗了。於是，趁著勾畫出最後一個小3時，母親又愉悅地哼起了輕歌，歌詞我已記不大清楚，但約略是形容魚兒的快樂的。而當歌聲還兀自繚繞著呢！母親又在魚頭部份，水汪汪地點上了眼睛，一幅魚樂圖便完成了。沒有水波，也無水藻，只有一顆鄉心換化成的原始圖形，只有一對母子傍晚時分的輕鬆閒適。

這幕情景在鄉下四處可見。鄉下人，接受文明的機會大概不及城市之多，然而這並不意謂他們的藝術情懷便要遜於城市人。反倒地，正因鄉下人胸中一片清明無染，因此對自然界具象的感應也來得更為敏銳；而對線條的掌握，或許稱不上筆法，但卻更加地自由無礙。因此，一個稍微有心的父母，一個稍有情懷的家庭，是極容易勾起孩童心靈深處中，那顆對萬物感滙的情懷的。大武山下的龍泉村，每走幾步路，便會看到低矮的紅瓦厝下，一對無拘無礙的孩童學畫圖。

有時候是母子對，有時則是父子對。母親教子通常在紅瓦階庭前，而父親則顯然正式多了，他們會選擇在桌上學習，而使用的工具也精緻許多，例如過期的日曆紙以及十二色的粉蠟筆。

我的父親便經常省吃儉用，給我們三兄妹買來鮮麗好看的十二色粉蠟筆，晚飯過後，全家共同圍在佛桌前，教我們學畫畫。而母親則坐在一旁，欣悅地看著呆憨卻不失活潑的小孩兒。這時，客廳裡昏黃一室，只一盞小燈火淡淡照亮。

昏黃的小燈火下，沉謐安詳，因此大約不適合畫魚兒的靈動，而較適合畫牛隻的粗壯及憨厚。恰好地，父親生肖屬牛，也有一副碩朋的身軀，恰如牛隻的粗壯及憨厚。

父親和母親一樣，也生於貧困人家，雖然幸運地念了小學，但除了在學校的時候外，其餘時間則幾乎都在牛背上度過，幫村裡的農戶趕牛，賺取零錢貼補家用。放牛數年對父親而言，是種艱辛但也是一種福氣。說艱辛，因為父親無法和其他小孩一般，讀書放學後還可遊玩嬉耍，少了些其他童年所有的娛樂；說福氣，父親卻在這些年學到牛的誠懇、勇敢直前的個性，多了些其他童年所沒有的磨練。這種艱辛與福氣，造就父親成為一個昂然挺立的樸厚性格，如鄉野中的牛兒，集雄渾、寧靜、閒雅於一身。這樣的性格，終於在日後成長的歲月中，獲致母親的青睞。於是，母親的靈動，配上父親的憨樸，成就了天地間最佳的一段婚姻。

不過，這段婚姻起初招來外公的反對，嫌父親窮，無法給母親幸福日子。然而，慧黠的母親那顧得這許多？她只想到父親的樸厚，只看到父親的誠懇，將來定會有所成就的啊！而日後父親則以牛的性格證明母親的眼光是正確的。小學畢業後，父親在大武山上幫人除草砍柴，由於工作辛勤，才十來歲的年紀，卻獲得工頭的欣賞，薪資竟給得和大人一樣多呢！

這便是牛的個性，執著認真地從事每件手中的工作，不論這工作是除草也好，是砍柴也罷，或是生活上任何一件瑣事，父親都是認真地一步一步踏實做去，沒有怨言，不計薪酬。如此一來，工作便不再有貴賤之分，剩餘的，只是誠誠懇懇的生命開拓。

當然，父親的生命不只是憨厚樸實而已。他對母親，或是對我們三兄妹，更還在憨厚之中帶有幾分幽默，就如牛隻一樣，壯碩的身軀下，偶爾也會來一兩個趣味的舉動。鄉村的牛兒，不都是這個模樣嗎？

歷史上的畫牛名手，許多就同時寫出牛隻的憨厚與趣味。例如五代韓滉的「五牛圖卷」，圖中五隻牛各具姿態，但卻不失趣味的原則，且在趣味之中，又讓人察覺鄉土的芬芳氣息。因此，當父親在教我們三兄妹畫牛時，便也就時時是趣味，處處是鄉土了！

和母親一樣，父親的線條也是稚樸的。畫牛時，拿張過期的日曆紙，先簡單地勾勒出牛頭，再畫兩隻彎彎的犄角，隨後是粗碩的牛身、挺健的四足、飛逸的牛尾，最後則是生靈的雙眼。畫完之後，取出十二色的粉蠟筆，三兄妹任選一個顏色，恣意地塗抹在整隻牛身上。小孩兒下筆不知輕重，更是塗得每隻牛兒五顏六色，鮮燦無比。塗畫好後，母親最愛將日曆紙高高舉起，在昏黃的燭火下笑看滿紙天真。那些個簡單的線條，雖稱不上功力，也談不上筆法，但趣味卻可直逼韓滉呢！粗糙的一張日曆紙，一群牛兒佇足其上，有老、有少，有的仰天凝望，有的低頭吃草。小小的紙上，滿是親情；昏黃的燭火，盡為明燦。

我的童年，便在這夜空下昏黃燈火中，逐漸觸摸藝術的領域。縱然，父母這一輩子可能都不曾理解何謂藝術？然而他們生命散發出來的美感，卻已紮紮實實地證明了：其實他們本身便是藝術。而一些名象上的爭辯，對鄉村的子民是毫無意義的啊！我很清楚地知道，如果我這一生對藝術還略懂得一些皮毛的話，除了後天的修習以外，更多地是建立在父母的濡染教導之下啊！

只是，雖然我們全家都珍惜這段學畫的親情，然而時光的催磨卻不得不將之告個段落。母親後來罹患肝癌，嚴重的細胞組織破壞，使得那雙輕巧的纖手，再也提不起輕如鴻毛的枯柴枝了。雖然庭前的夕照依舊將黃泥地染成一片清爽，但卻再也看不到那個靈動的身影了。活潑的魚兒圖，忽然在記憶之中，轉化成一縷輕輕淡淡的雲煙。並且，從此在街頭市集裡，村裡的長輩也都發現少了一個甜巧的調和聲音，讓村民們的爭吵，演得更加激烈。而那個母親經常擺攤的地方，則在不久之後被個賣青菜的老婦取代。

父親呢！他也不再教我畫牛了。因為這時我的所見所學，已然超過父親許多，甚至我已可以輕易的趨使筆墨，寫就一幅大中堂山水圖，高掛客廳中間，讓父親看了，欣喜露於臉龐，知道孩兒已然成長，不必再跟著他學畫牛了。

然而，父親或許不知道，今日成長的這個孩兒，是如何地想再跟他學畫牛啊！當我遍尋歷代畫手的足跡，竟發現人類追求的最終美感，還是得回到原始的壁畫，還是得從質樸的年代去找尋真正的創發力與生命力。而許多大師畫風的最後歸宿，更是回到兒童單純的筆觸與感覺呢！因此，如果單從這方面來看父母親的畫，那麼，其實他們的畫應是最好的藝術品吧！

但話說回來，謙虛的鄉下人，那裡敢稱美自己的畫？若有人談起，他們頂多只是紅著臉說，畫畫只是陪陪小孩而已，談不上真的會畫畫啦！然而，這便是廓然無求的大胸襟了。放眼當今畫壇，具有這種胸襟的畫家微乎其微！我深信，一個畫者的學習進程中，如果能夠參透這點的話，他便能稱為真正的畫家了。

當然，父母親終究不能稱為畫家，他們的畫也顯然登不上藝術品的殿堂。但他們從不計較這一切，他們希望擁有的，只是在這人生旅程上，隨時不忘自己為人父母的本分，隨時不忘釋放愛意與親情，真心期待他的小孩日後能夠超越自己，不只是會畫些簡筆的魚、牛，更能夠鋪展一切人生的大學問。那麼，他們這一生的心願也就了卻圓滿了吧！

我不知道有幾個人的童年和我一樣幸福？有大武山、有紅瓦厝、有黃泥地、有昏黃的小燭火、有過期的日曆紙，還有十二色的粉蠟筆。但我始終相信：人生的進程中，擁有這些便等於擁有一切。

我更深信，當我的小孩學會握起筆管時，我也將執著他的手，在紙上勾勒塗抹任意的線條色彩。至於教他畫些什麼？可能是條靈動的魚兒，也可能是隻碩壯的牛隻，也可能什麼都不是，只是任隨意的鄉心鋪滿整張畫紙，伴著鄉情，飄灑在翠碧青濛的大武山下。

兩次落淚

曾經以為，母親的逝世是我最後一次落淚；更曾以為，男子漢應可忍受一切情感的打擊。那裡知道，血氣未定的我，竟在短短的十餘年裡，兩度淚濕雙襟。

第一次落淚是在研究所讀書期間。

大學及研究所生涯，都是在中壢雙連坡上渡過。漫漫的七年，雖不算長，卻也足以叫一個離鄉的學子，無時無刻地思念著父親。因為家住屏東，路途太遙遠了，平日，只能藉著一張薄薄的信箋，每週一封地，向親愛的父親，報告他的兒子在外一切都好。

於是，信箋上從來不曾有過悲傷的詞句，從來不曾傳出不幸的消息，為的只是孤寂的父親。讓他在看不到愛子時，能減卻幾分的憂慮，多增幾分的愉悅。身為人子，見到父親一生不必再為子女擔憂，是我最大的樂事。

因此，即使平日有了一些不甚愉快的小事，總不會在信箋中說出；即使遭遇一些小小的病痛，也仍是做出適度的隱瞞，為的只是不讓父親為我操煩。因為，全天下的父親都是相同的；當他自己有再大的病痛時，說什麼也不肯就醫，而一旦子女有些稍微差池，卻是心急如同火焚一般。那麼，叫我如何放得下心，再讓父親為我擔憂呢？

於是，每週一封的信箋裡，總是只提自己學習中的得意事，總是只提自己順利成長的經過，而不提曾經失意的日子，不提曾經悲傷的過去。讓父親認為，他的孩子長大了，可以自己照顧自己了。卻那裡知道，他的孩子，是經過多少的辛酸磨練，受過多少的冷嘲熱諷，今日方才得以長成……

就在這麼一個夜裡，當我再度提筆捎出家書時，我落淚了。

那是研究所一年級時。白天課餘之暇，和同學們一起到籃球場上，活動一下研究生慣有的老態身體。或許是跳得太高了吧？還是一個不小心？居然在落地的一剎那，頓覺天地黑暗了起來，一陣遽痛，我知道自己將腿摔壞了。腳踝處腫了極大一塊，顯然地已經脫臼，只是不知有無斷裂而已？

到了接骨店，診斷只是脫臼，不致成為大傷。然而，接骨師那雙強狠且力道非凡的手臂，卻也將一個堂堂男子漢，折磨的死去活來。我永生也忘不了那種感覺，從此以後，我就再也不想打籃球了。

看完了傷，回到寢室。空無一人的房間裡，平日我都會打開收音機，伴著暗淡昏黃的燈光，和著輕揚溫柔的樂音，拿出紙筆，向著遠在數百里外的父親，娓娓述說一週來的點滴喜悅。今日，一樣的寢室，卻是不一樣的心情。燈光也似乎特別昏暗，就像同情著我的遭遇；收音機的歌聲，似乎也正傳出比較哀婉的樂音，正像提起筆的我，是一顆矛盾交錯的心靈，叫我不知如何下筆？

然而，信總是要寫，平安總是要報與父親知曉。然而，卻不知如何開頭？展開信紙，問了一聲「爸您好」。

那裡知道，才寫了兩行，正談著平安愉快的事情呢！一顆顆不爭氣的眼淚，卻是不聽使喚地，奪眶而出，掉落滿滿的信紙。藍色的原子筆字，也因著淚水的擴散，而跟著模糊漫渙起來。字裡行間的快樂詞句，似乎也跟著我一直哭泣著，而原本微笑的語詞，此時也已然不知如何是好？只得讓那失控的眼淚，一再地爬滿信紙。

這是自從母親逝世後，我第一次的哭，哭在親情的魔力之下，這是一種任誰也不能抗拒的感情。我經常問自己，當我以後再遇到同樣的情景時，是否還會再度哭泣？想了許久，終究仍是肯定會再度落下親情的眼淚。

親情，便是一種天地間，永遠更動不了的情；是一種你隨時會為它哭泣的情。雖然我已成年，雖然對世事已然有穩健的思考模式。然而，一旦面臨親情的召喚，卻仍是會不計一切地，純粹受制於親情的魔力之下。

第二次的哭，已是兩年之後，哭在恩師的嚴重腦中風，長臥病榻。

我的論文指導老師，張夢機先生，人所共認的大才子，古典詩歌堪稱一絕。在今日中國古典文化式微的時代裡，還能如此為中國文化奉獻的學者，早已不多見。從大一進入學校開始，便與張老師熟識。此後七年，老師一直待我如己出一般，無時無刻地教導著我，使我從一個無知的鄉下草漢，脫胎換骨而成為一個對中國文藝有些許心得的子弟。

其實，之所以認同張老師為我一生恩師，除了學問的追求之外，還在於老師和我的父親極為相似。無論是身材舉止，或是面容表情，都有十分雷同的肖似。經由移情的轉換作用，不知不覺中，自然而然地，在系裡面所有的老師中，我最為喜歡張老師。而老師也知道其中原因，因而待我也是超越了一般的人師，而真正跨越到「亦師亦父」的角色。我深信，張老師永遠是我這一生中，最為敬愛的老師。

研究所時，因為天性使然，對於追求女生一直不得其門，以致時時覺得人生稍有缺憾。而張老師也見出了，竟毅然地出面協助我追求女友，雖然此事後來無甚結果，但我卻永遠感動於恩師的一番苦心。試想今日功利的社會，理工科的指導教授們，那一個不是利用學生幫自己做論文，以達到謀財圖利的目的？而像張老師這般風骨，而又時時關切學生平日起居的，恐怕已如麟鳳一般了。

就這麼地，張老師一直照顧我直到畢業，後來我遠赴金門服預官役，隔了一個海峽，暫時將臺灣的一些過去置諸身後。只在每隔半年返鄉時，再一一地撿拾那曾經辛酸甜美的記憶。

第一次歸鄉，便心急地去拜望老師。這時的老師，正處人生事業的頂端，春風得意。看到我從金門回來，卻也不在學問上多作問答，而只是勉勵我，得好好地照顧著知心的女友，因為人的一生中，最緊要的不在學問的多寡，而在對妻兒的一份責任與關懷。張老師一生最引以為憾者，便是不曾讓師母過完一個愉悅的人生。至此，我更覺肩上的責任重了許多，也體認到人生將會愈來愈有意義。（作者案：張師母於老師腦中風前一年罹患胃癌去世。）

然而，張老師的事業，竟在頂點之時，瞬時之間跌落下來。嚴重的腦中風，幾乎奪走了張老師的一生。

張老師中風時，我人尚在金門，是女友以電話通知我的。當時，我幾乎不敢相信，世間竟會有這種事？而且竟然發生在我最敬愛的老師身上。此時，真恨不得能立刻飛回臺灣，探望恩師，卻又礙於軍法所限，不得回臺，只得在第二次返鄉休假時，到三軍總醫院探望張老師。

去三總的路上，是一顆驚惶忐忑的心。當我踏進張老師的病房時，幾乎認不出眼前衰弱的中年男子，竟是昔日意氣風發的大才子？幾乎不敢相信，這無情的腦中風，竟然讓張老師風揚的生命，與外界狠狠地阻隔起來。

張老師無神地躺在床上，聽到了我的腳步聲，緩緩地轉過頭，看到了我，張老師一時驚住了。之後，張老師竟然嚎啕大哭起來，像個三歲小孩一般，乍時見到分隔已久的親人，便忍不住要先痛哭一場。而我，也已忍受不住這突來的感動，也想大哭，但又怕張老師傷心，因而強忍幾乎失控的心，將淚水暫時先往肚裡吞落。

在旁照料的護士並不知道我是誰，親切地用著哄小孩的語氣問張老師說：「是你學生嗎？」張老師暫停了激動，從雙唇中緩緩地吐出了三個模糊的字。

護士並不清楚張老師在說些什麼？於是望了望我，我則點了點頭，表示張老師這時是在叫喚我的名字。這種師生之間獨有的心靈交會，恐怕不是外人所能理解的。此時張老師的情緒也漸漸平緩了，又問及我在金門的狀況，何時結婚等等問題？當然，說到激動處，張老師不免又是淚眼橫流，令我情何以堪？

但我終究忍住了淚水，不敢釋出。張老師在問話的過程中，大部分的詞語是我聽不懂的，往往必須借助護士的幫忙解釋，才能知道大概。因此，師生之間，只有靠著心靈的交會來溝通。就這麼到了中午，張老師舉頭望向牆壁，大家都不知道張老師想表達什麼意念？而紛紛地在那裡猜測，而張老師總是一直搖頭，顯然沒有人知道張老師想要表達什麼？

其實，我在張老師望向牆上的那一剎那，便已知道張老師想說什麼了。張老師其實是望著壁上的時鐘，說中午到了，要我離開，去用餐吧！這時，心情真是凝重非常，真是不想離開，卻又不好違背張老師的心意。於是，緊緊地握住張老師的手，沈力地說道：「老師，你一定要好起來，一定要來參加我的婚禮，幫我證婚，否則我就不結婚了。」只見張老師笑得好開心。但是突然之間，卻又淚流滿面地答應我，一定會好起來，一定會來參加我的婚禮。

這時的張老師，情緒激動到了極點，用著他那無力的雙手，一直地推開我，顯然是不想讓我看到他那傷痛的心情。此時，我終於再也忍受不住那壓抑已久的心情，大聲哭了出來。張老師看到我哭，更是哭得有如山洪爆發一般，師生兩人，相擁而泣，久久不能自已。而張老師再也承受不了這般刺激，用盡了全身力氣，把我推向門外。我只得含著淚水，無奈地步出病房。

這是我第二次的哭。

而今，張老師憑著驚人的復健毅力，在言語及行動上，都已恢復到一定的程度了。這是我退伍以來，最覺得欣喜的一件事。多麼盼望著，在我步入紅毯的那天，張老師能來為我證婚?那時,就將有兩個我最敬愛的父親,看著我踏上人生最美麗的地方,那該是多麼令人欣喜的事啊!(張師夢機現仍在新店家中復健療養,病後創作著述益豐,更現大家風範,惟行動仍屬不便。筆者已於本文成篇後半年結婚,只可惜的是,張師終究無法來為我證婚。——作者又記,八十六年十月一日)

鄉情是一間搖墜的木板屋

每逢夜深，便是我想家想得最痛的時刻。煩亂難平的腦海，總念念不忘老家屋後那間小木板屋，它前些年開始搖搖欲墜了。但父親卻捨不得拆掉，他的理由很簡單：「還可以住人啦！雖然晚上風聲大了點，蚊子多了些，但還不至於睡到半夜塌下來都不知道。」

父親是典型鄉下人，吃過大半輩子苦，因此這些話在他講來格外輕鬆。只不過，父親說得愈輕鬆，我便覺得心裡愈難安。這般難安的生命，不由得逼我翻攪一下記憶，仔細檢視三十年來的父子情，卻發現我始終都不曾盡過人子的責任。如今我客居他鄉，長年來空有滿腹思念縈繞胸懷，但我知道那畢竟換化不成與父親的永遠廝守。

這中間的轉關，當是十四年前負笈北上那時候吧！那一年，我的背囊裝滿了鄉人的期許與父親的叮嚀，踏上二十二點四十分發的屏東夜快車，前往繁華的北部城市求學。月臺外，父親笑得很滿足，雙手猛力地揮動，幾乎將我的惆悵不安給溶化了；車廂內，我卻不願父親見到我的惆悵不安，只得勉強裝出一個僵硬的笑容，但揮動的雙手卻顯得顫抖無力。火車輪啟動那一刻，激動、感傷，伴隨惆悵排闥而來。原來父親叮嚀我上車先睡一會兒的，但我那裡閉得上眼睛？微微閉上，馬上又浮現父親慈胖的身影，我隱隱知道無法與父親長處一塊了，不可能再幫他驅趕夜裡擾人的蚊子了！

這十四年裡，我的生命無法不日夜掙扎。為何花七年時光在中壢求學？為何用二年光陰在金門當兵？幸好，我仍有理由託辭這九年時光是不得已的。然而我至今仍想不懂：都已經掙扎九年歲月了，為何如今還執迷不悟，儘為一個小小的工作飯碗，便選擇定居苗栗山城。這裡，離我屏東家鄉足足五百里路。

五百里路不算太長吧！我想。因為父親總說：「想家的時候便坐火車回來，聽說莒光號才五個多小時，差不多是泡一壺茶、和朋友們聊聊天的時間罷了！很方便呢！」但父親顯然沒想到，這五個多小時，卻要越過數不清的田疇林野。每寸方田，就是一個想家的情結；每株平林，便是一陣相思的愁緒。而你數一數，火車攀過多少座青山，我的心便波動多少起伏！

但父親總將這段深情說得輕鬆無比。其實，我那裡會不清楚父親的心，他那是這麼放得開的人？他無時無刻都希望我留在他身側哪！每次我回到家鄉，短暫停留的兩三天裡，父親總要拉著我，和他共騎一部摩托車，讓我載著他，漫無目標的在青山下騎著。父親從來不擔心沒路可走了，他唯一擔心的是太陽總要下山，因為太陽只要下山兩次，隔天，他的兒子就又要搭火車北上了。下一回什麼時候再共騎機車？遙遙難期。

我只好算了一下，我一年裡能和父親相處幾天？答案竟是二十天不到。且這間隔斷續的二十天裡，我便像旅行做客一般，每次回到家中，總是得先拍落床鋪的灰塵，拍落同時，只見點點輕塵緩緩揚起，又緩緩落下。落下的那一刻，瞬間也將我的心頭狠狠地抽扯了一下，似乎在說：「為何這麼不孝？父親讓你睡這麼好的床，自己睡在屋後的木板屋，但你卻經常不回來看他！」

這張床，是我結婚時父親買來的。因為母親早逝，父親對婚俗儀典一無所知，他只知道長子要結婚了，大事一件哪！千萬馬虎不得。於是空出家裡最大的一間房，請來木工整整裝潢一月有餘，買進傢俱，鋪好新床。而就在大喜前幾日，父親遠從屏東撥了通電話到苗栗，問我床單該鋪什麼顏色才好？大紅好呢？還是大花合宜？我說素一些好了，於是父親請人做了一套粉紅呢絨床罩，輕柔舒緩，鋪在厚實的彈簧床上，映眼典雅，且不失喜氣。但床鋪好了，他自己卻搬到後院的木板屋，那原來只是我用來置放書籍的倉庫。

其實，父親不必睡在木板屋的，因為紅瓦厝裡另有二間房，一間弟弟的，一間妹妹的，他倆一個在新竹當兵，一個在高雄工作，平日根本沒時間回家睡覺。但父親總是空了下來，一併裝潢舒適，就盼等他們回家住個一兩天。父親經常沒事就會打開房門看看，雖然明知見不到人影，但只要看到放在床頭的小布偶，或是掛在衣櫃裡的大花衫，便也就彷彿是見到弟妹一般了。我曾聽一個親人偷偷向我提起：「你父親隨時都在幻想你們三兄妹回來住呢！」

三兄妹卻極少歸鄉，三個房間，平日自然也都無人居住。一些父親好友總勸父親乾脆住進來，畢竟兒女大概是難得回來了，何必執意守著搖墜的木板屋？那間木板屋，屋頂是鉛皮搭的，屋旁種了棵龍眼樹，每逢結果時期，三五分鐘便會落下一顆龍眼子，順著屋頂，扣、扣、篤、篤的掉下來。我曾有一夜在裡邊翻書，整夜總是聲響不斷，規律的聲音逼耳而來，讓我不禁聯想：「父親每夜單獨守著這些書籍，他曾有一日安穩睡過嗎？」

那些書，父親看得如自己生命一般。雖然他這一生沒讀過多少書，看不懂黑格爾，也搞不清牟宗三，只不過，當我求學階段結束後，將這十餘箱書運回老家時，他卻執意買來三個豪華鐵櫃，一本本地排列放好，安穩架在床鋪旁。因為他知道，這些書是孩兒的第二生命，不能讓它沾半點灰塵的。況且，兒子不在身側，見到這些書，便也等於見到兒子了，他可以從整齊架好的排書中，想像兒子今日已有些微成就的模樣。父親一邊撫摸著書背，一邊猜想著我下回返鄉的時候。

但他猜不準的，我經常讓他失望。例如前年中秋，父親日夜盼著三個孩兒能回鄉過節，但因假期不長，三兄妹無一人回家陪他團圓。反倒是左鄰右舍的朋友親戚都聚到我家了，他們怕父親無聊，陪著父親圍聚在客廳泡茶聊天，熱鬧無比。但，客廳旁的三間臥房，卻始終冷落淒清。屋外月色正好，只差全家四人竟分別在四處渡過。

那一夜，我望著苗栗的月色，雖也是皎潔明亮，但卻惹我幾分無奈，幾許惆悵。我不得不逼問自己這個大問題了：「你口口聲聲說想念家鄉，現在你能自主了，為何卻不回鄉？」問畢，我全身是傷。

再達觀的人也會全身是傷，只不過平日我都勉強地包紮起來，不讓露出傷痕罷了！就如父親一般，其實他也滿是鄉情的傷口，但他同樣將之包紮得緊密厚實，不讓他的親朋見到。但話說回來，父親的傷口是被動的，那是我造成的啊！況且，就算父親包紮得再密，但那個親朋會見不到這道傷口呢？

就拿我的國小老師來說，他就一眼見出這道傷口。老師的晚年和父親頗類似，同樣是孤孑一人獨守間空屋。這次我回鄉，老師來找我，臨行前便丟下了一句話，輕輕地揭開父親與我的傷痕。老師對父親說：「欽祥啊！我跟你一樣都很可憐喲！早上起床時沒有媳婦為你煮熱騰騰的稀飯，晚上睡覺時卻只有冷冰冰的床板啊！很可憐的。」父親聽完後，只淡淡一笑，隨意地回答：「是啊！現在社會都是這樣，兒女長大，事業都在外面了！」

但我險些承受不了。瞬時間，腦海歷歷浮現這十四年來，父親與我的感情。更驚訝地發現：除了每年二十天不到的相聚外，平日竟只是靠幾封信件傳達消息，加上偶爾的一通電話噓寒問暖罷了。父子親情，這亙古不易的人間大愛，在現代居然只用信件與電話便可交代過去，讓人想來極不甘心。

為此，我特別珍惜這僅剩的溝通方式了。十四年來，我總是每週捎信回家一次，而內容則千篇一律，都是說我在外一切平安，不必父親擔憂的話。然而任誰都可以猜想這十四年來，在外的日子絕非平靜，甚而是風風浪浪飄擺不已。但我能向父親說大四那年我斷了腳骨嗎？能說研二那年我患了肝病嗎？不行的呀！再痛再苦，為人子的只能含著眼淚，轉化成信箋上的輕鬆無比，讓父親安心。因為除此之外，我再也找不出孝順他的方法了。

而父親則不擅寫信，因此他總是藉口打電話給我，那怕只能聽到一兩聲也好。但是藉口難找，唯一的方法便是在報紙上猛找我發表的文章，雖然他一些也不懂文學，但每日清晨，他總是迫不及待地戴上老花眼鏡，翻開副刊，找我的名字。而當找到時，便又迫不及待地撥電話給我，告訴我又有一篇文章了！電話那頭，父親的音調總是喜悅非常。這時，我經常還在睡夢中呢！而每回我也總是難掩喜悅，撒嬌地對他說：「你看得懂嗎？」而父親總是說：「看是看不懂啦！不過只要看到你的名字，我就很高興了！」於是，我的淚又來了。

這樣的淚不曉得已流過幾回？只是我都不敢讓他知道罷了！我總是在掛斷電話時，幾近哽咽地說聲「再見」，而後，也在電話那頭聽到一聲哽咽的「再見」！父子兩人，終究又分隔兩地。

分隔得久了，父子相見便加深幾分客氣，這是我最不願見到的事實。最近幾次回鄉，父親總會上菜場買幾條魚，他知道我最愛吃魚，準備煨幾條紅燒魚給我吃。我要幫忙，父親卻總叫我在客廳裡看電視，或是陪妻子四處玩玩走走，就只不願我沾半點油膩。甚至，妻每次搶著要幫忙，父親仍是客氣的禮讓。他終究是把我們當成客人了。

飯桌上，父親更會客套地請我和妻開動呢！我舉著筷子，不由想到孩提時候，桌上沒有大魚，但全家唏哩嘩啦猛扒猛吃的情景，是粗魯不雅些，卻也痛快淋暢些，更有家裡的味道。如今孩兒長大了，父親卻將我看成了平輩，禮遇的成分，險些叫我喘不過氣。

如今，父親也不再拉著我陪他騎車閒逛青山了。因為我娶了媳婦，他總覺得不便佔據我過多時間。而其實，當我回家時，我最愛的便是和父親一起坐在客廳裡，看看電視，喝喝茶，那麼數月來相離的苦悶就一掃而盡了，縱使父子兩人對坐講不到幾句話，心裡卻是漫過無限的溫暖。但是，近來回鄉，父親總是催著我到附近走走玩玩，說那裡又闢了風景區，那邊又開了條寬廣的大馬路，可以帶妻子去逛逛，很舒暢的。

我不好違拗他的意思，便和妻兩人，騎著摩托車繞一遍青山。回到家通常是傍晚時分，車還沒停放呢！我便聽到廚房又傳來鍋炒的聲音，我知道父親又忙著做菜了。因為，明天我們又要北上，今夜得煮一頓豐盛的晚餐哪！

騎了一個下午的車，有些疲累，走進新裝潢好的房間，面對著大面的梳妝鏡臺，我望了望自己的身影，開始模糊起來了。小時候，這間房是大通鋪，父母親和我三兄妹，每夜裡都擠在一塊睡，弟弟總吵著要父親說鬼故事，而妹妹還來不及嚇倒呢！卻已尿得滿地了，而我則在一旁，陪著母親大笑。然後，全家五口便在蚊子嗡嗚聲中，悄悄入眠。牆上掛了一幀泛黃的照片，那時我們三兄妹的皮膚多麼秀嫩啊！笑容多麼地無憂無慮啊！

而如今，同樣在這間房裡，鏡裡的容顏卻已多了幾分憔悴，眼角也多了幾條魚紋。而掛在一旁的結婚照，照片裡的我穿著筆挺的西裝，梳抹著油亮的髮型，顯然不再是兒時童顏了。雖然照片裡的我也笑得愉悅，卻是明顯失去兒時的開懷了。

沒辦法，十四年他鄉在外的情懷，一年便是一條縐紋，而一條縐紋便是一條無法理清的相思。十四條縐紋疊積一處，頓時便讓我老了數歲。

最近一次回鄉，我再也無法抹去思鄉之情，表示想接父親上來與我同住，但只見父親笑得好開懷，然而我知道他只是笑笑罷了，那終究是場不可能實現的夢。我很清楚地知道，父親無論如何割捨不下鄉土的。後來，我從堂哥那邊側面聽到，父親曾向他們開玩笑地說：「三個兄妹都變成外地人了！」

我是外地人嗎？現實告訴我的確如此。我的身分證註明著苗栗縣籍，我的工作顯然與苗栗息息相關，雖然我日夜魂牽夢繫屏東的大武山，但那依然只是夢罷了，回鄉畢竟變成不可能。我想，這是現代人必須面對的不可抗拒的痛楚。想家，卻回不了家；想親人，親人卻隨時與你分隔。當代親情的悲愴，在我身上刻得明明白白、清清楚楚。

當然，我不會找時代的理由來原諒自己，也不會寬容自己的私心與無知。我只能背負著滿身的罪過，一心期待父親別再守著破敗的木板屋，那樣的搖搖欲墜，他的兒女永遠擔心著哪！

或許，我更應及時迷途知返，收好行囊，回家陪伴父親僅剩的晚年時光！

但願我能。

我的名字

我的女兒即將出世前，我每日便是忙著為她取名，但怎麼想總覺得不滿意，任憑我讀書許多，依然無用。於是，面對這個家族生命延續的工作，我只好請教父親了，然而卻又隱隱勾出一段傷感的回憶。

我問父親我的名字是怎麼來的？父親笑一笑，說我的名字其實是「仇人」二字的臺語諧音。之所以取名仇人，則和我的外公有關。

父親世代貧楚，傳到我的祖父輩時，全家依然清寒困頓，因此我的叔伯輩泰半不曾進學校念書，他們所有的時間，只能投入農田幫人耕種。父親排行第五，雖幸運地讀了幾年小學，但終究因祖父反對繼續進學，所以只得到村後山頭，幫助鳳梨公司除草耕犁，那時一家的薪水，僅差可糊口而已！因此，我家被歸入貧窮的人家階級。

然而，這時父親與母親相識，以一顆真誠純樸的心靈，獲得母親溫暖的少女情懷。一個是純樸憨厚的青年，一個是靈動天真的少女，我的鄉人們，都認為他們是天生一對，再恰當不過的了。殊不知，母親家人卻堅決反對，他們無論如何不讓父母親在一起相處。

反對的人尤以外公為烈，他所持的理由很簡單，無非因為父親貧困，無法供給母親良好的生活環境。在那個刻苦的年代，這樣的理由其實是很普遍的，因為臺灣人苦得太久了，總希望能過得舒適一些。所以，父親對外公的反對，毫無半點抗拒意味，雖然他相信遲早有天會讓母親過好日子，但外公卻覺得那是遙不可及的事，因此反對的聲音就愈加響亮了。

母親卻不這麼認為，她只看到父親的誠實與好，而無視於父親的家境貧困，所以縱使外公反對，她仍執意與父親相處，無怨無悔！我小時候，便經常聽母親述及他們青年時代的瀟灑事跡，以及那一段一同聚會遊嬉的歲月。幾對青年，都沒有什麼錢，然而足跡卻踏遍每寸值得遊賞的山水，不斷的笑語，也天天響徹在大武山上的白雲裡。直到如今，這些昔日的老玩伴，依然天天在一塊泡茶聊天，閒談過往的點點滴滴。

然而這些點滴，他們最傷感的莫過於我的父母親了！那時外公嫌我家貧，極力反對，甚至還對母親說：「只要你和欽祥來往，便要斷絕父女關係」。這段話我是從叔伯輩的口中聽來的，他們在敘述這段話時，臉上總是呈現無限嘆惋，好似在說這種電視情節上才可看到的畫面，怎會活生生地出現在我家呢？

不過，後來我才知道，其實叔伯們講這段話還算含蓄，為的是怕我太難過，所以還有些保留。直到我讀大學那年，才在一個偶然機會下遇到某位遠親，在不知覺中又將這段往事牽惹出來。那個遠親年紀已大，是看著父母成長的人，她看著我已然成熟的年齡，對我緩緩地說：「你的母親真是命薄！你外公說與其讓你母親嫁給欽祥，倒不如將她剁碎餵豬算了！」一句話，說得我的心傷痛無比！

因此，莫怪父親要用「仇人」來命我的名字了！這樣的傷痛，誰又能忍受得了呢？而這其中原因，則完全只是見到父親的貧窮罷了！卻從不思考父親是否肯上進、是否誠樸、是否會真心對待母親？而將一切都歸諸於金錢財富之上，想來令人莫名的悲愴！因為出世時的有錢與否，純然是上天註定啊！怎能以此衡量一個人的品德與情操呢？

但外公顯然想不到這層，他也是受過苦日子的煎熬，不希望母親再受貧楚的折磨吧！想來也無可厚非。然而母親執著的個性，終與外公絕裂，她背負著可能父女恩斷情絕的危險，終於還是決定嫁與父親，一生長相廝守。不過可以想像得到，父母的結婚是沒有典禮的，有的可能是朋友的鼓勵與祝福罷了！而幾件簡單的嫁粧，則是外婆含淚偷偷塞給母親的，畢竟，母親還是有人疼愛，只不過這些疼愛都只能在默默中進行著，就好似結婚不是什麼值得慶祝的事情一般！

父母親結婚後，外公依然不諒解，那段期間是我家與娘家關係最為僵化的時候，外公與母親根本形同陌路，直到我的出世，情況依然沒變。我曾聽鄉人說，母親懷我時，身體虛弱，又需擔負家務，所以極其渴望能吃些補品，然而家境寒楚，這樣奢求當然只有妄想。幸好，外婆終是疼女兒心切，所以偷偷地儲了些錢，買了隻雞，送來我家。不過終究還是被外公知道了，因此還痛斥外婆一頓！鄉人說，後來我出世的時候，孱弱的外婆再也無法偷空來照顧母親了，作月子的時候，便只母親一人獨力熬撐。

於是我恍然大悟，這就是為何母親一直身體寒弱，而我小時候也一直陪伴藥罐的原因了！在物質的缺乏與心靈的創傷交織之下，當然我們全身是痛！幸好，父親以其誠樸彌補了可能更壞的情況。後來父親到國小當工友，算是有了一分穩定的收入，雖然不豐，但至少已能暫時穩定家境，再加上母親的協助，一家風雨算是平穩下來。

這時，剩下的一件事便是幫我命名了。因為外公的仇嫌到這時仍未消解，再加上父親血氣方剛，他終究難以按下這段傷痛，而想衝動的為我取名為「仇人」，因為父親怎麼也想不到，外公居然可以如此對待自己的親生女兒呢？不過，因「仇人」兩字不雅，並且那是要伴我一輩子的，所以父親改換成諧音，名為「修仁」。不過，這段典故倒是沒有半人知曉了！

我家與外公的感情，大約是在我出世一年後得到暫時化解。因為我的痴憨面龐，加上父親的誠樸敦厚，似乎已能稍稍感動外公，因此他終於來看我這個外孫了，並且還提了隻雞來，雖然在面容上還是拉不下，但畢竟新生命已誕生，一切風雨又何足道哉呢？而據父親說，此後外公對我愈來愈好，進而對父母也愈加諒解，甚至還將外公祖傳的做米苔目麵食的本領傳授給父母親，而成為我家日後一項最重要的謀生技能。並且，此後許多清寒夜裡，外公更還會在三、四點時便來到我家廚房，幫忙父母做米苔目呢！

至此兩家的嫌隙已然消解，因此，我們三兄妹對外公的印象，一直都是和善可親的，平日沒事，也都喜歡到外公家，看看他種的許多花草，以及一些可愛的動物。傍晚時分，外公還會用腳踏車載著我們到田野散步哩！那感覺是溫馨無比的，然而那裡知道，昔日竟然還有這麼一段傷感的過去！

後來，外公家道中落，雖然幾個舅舅都賺了不少錢，但卻始終不給外公半分，反倒是唯一的女兒，仍不忘父女恩情，刻苦節衣，空出幾分銀錢用來協助外公和外婆，讓外公還有小酒可以喝，而外婆還得以買幾炷清香，在暗破的屋簷下拜拜觀音神明。我的印象中，沒幾日就要幫父母親送些東西給外公，怕他們吃不飽，被舅舅冷落了！而也從那時候起，我真正認識了父親的偉大。

那是一種無怨無求的真生命的偉大。雖然外公曾對父親嫌憎，但父親終究用誠懇解釋了他超越財富的地方，最後讓外公覺得父親才是他真正的兒子。後來，母親因為身體虛弱，在我高一時離我們而逝，在那段歲月裡，家裡只剩父親與我三兄妹相依為命。因此，外公總是天天往我家跑，醃了幾條香腸，總不忘先往我家裡送，有了好吃好用的，也總是先顧慮到我家。雖然此時我家的經濟情況已比外公家好些，但外公仍執意地照顧我們，或許便是在補償昔日對我家的虧欠吧！

這段往事，隨著歲月流逝，已經沒有人知道了。父親的個性，也絕不會到處宣揚這段悲愴的過往，他總是只流露現今可以看到的溫馨而已！對我們幾個小孩，則更不願讓我們看到外公曾怨過我們，而只是讓我們覺得外公的慈藹罷了！這樣的性情，其實已彌足可以承擔「修仁」兩字的緣由！

其實，父親當初替我解釋我的名字時，只是說因為年輕氣盛，脾氣較差，所以看能不能藉著我的出世，讓父親改改暴躁的脾氣！而如今，我則認為父親真正以他的情操修行達成「仁」的意義了！這個字是中國古哲孔子一生的標準，而父親雖然不知道孔子，但我始終認為他已達到孔子的標準了！

如今我已長成，也面對著新生命來到世間的喜悅！而父親這時顯然也認為生命的傳承已然接續，所以當我問他取名的由來時，不知是他一時因高興而忘了往事呢！還是認為可以不必再為我隱瞞了，所以說出我的名字其實是「仇人」兩字的臺語諧音的由來。父親說這段典故的時候，是笑笑的，似乎再多的不悅都已是過往雲煙了。如今外公也已辭世多年，那麼，任何一切又有什麼值得計較的呢？那些且都讓它們散入空中吧！

因為，新生命的到來才是真正的可貴。有朝一日父親會老，也會死，而我也會老，也會死，但是我們知道新生命是永遠不斷的。那麼，我的名字究竟是「修仁」，抑是「仇人」，似乎也就沒什麼意義了！因此，父親才會將這段往事講得那麼輕鬆吧！

父親的熱水瓶

出門在外一久，有時竟然摸不清父親的需求。甚至連他想買個熱水瓶，我也是最近才知道，但聽鄉人說，這個念頭已在父親口中說過無數次了！

春節時，我與妻收拾好數月的思念，在高速公路上走了六個小時的車程，回到屏東大武山下時，鄉人正忙著趕辦年貨，因此龍泉街道上出現了平日少見的熱鬧，將我一顆多愁的鄉心，暫時沖淡許多。而當車子開到大庭時，則見父親與幾個叔伯正在貼春聯，他們一見我下車，除了臉上露出的愉悅，以及詢問車途的勞累外，馬上拉著我，問我「春」字貼正了沒？「六畜興旺」又應貼在那裡才好？

我想，這便是鄉人可愛的地方之一。其實，我平日與他們不相見的，一年難得說上十句話，不過當聚匯一處時，卻又馬上融洽一處，宛如我經常住在鄉下的。因此，雖然我與他們不相見已數月，但親切的鄉心卻馬上讓我知道下一步的舉動，所以行李都還沒搬下車哩！便在那裡多舌地指揮著「春」字的擺貼位置了。

忙了一陣，叔伯家的春聯便在歡笑聲中都已貼畢，然而這時我才發現，我家的春聯，卻連一張都還沒貼呢！我想，一定又是父親捨不得一個人將春聯貼好，他總是要等我們幾個小孩回家後，再一起同心協力地完成。像去年也是同樣的情景，當其餘人家都已忙完就緒，準備過年時，父親卻一直等到我回來時，才謹慎地從抽屜中拿出春聯，然後開懷地看著我們一一貼妥。

這幾副春聯，其實父親早就已經買好了，但他就是捨不得一個人獨自黏貼。在他的觀念裡，春聯一年要換一次，在這一年裡，因風吹雨打而脫落變色的春聯，到了除夕前就又會回復鮮紅的模樣了。那也表示，縱使一年裡父子相見不到幾回，但除夕一到，就可再團聚了！

因此，每次我貼春聯時總是欣喜與感慨交集。一方面，我在臉上露出愉悅的神色，裝傻地嗔問「福」字貼得正不正？為的是讓父親發表他的眼光，藉而勾動他一年來的心願，讓他覺得高興；然而一方面，當我轉身照著父親的意思將「福」字貼正時，一顆心卻不免想要落淚了，想著父親這一年來，不知自己承受了多少寂寞？

母親逝世，我到苗栗求職，妹妹在高雄工作，弟弟在臺中覓職，一家四口各分西東，陪伴父親的只有一群要好朋友。這些人平日總會到我家喝喝茶，有些閒錢時便打打麻將，而父親是不賭博的，他只是在牌桌擺開時，忙著在其間周旋，用笑語為他們準備茶點。因此，有時候我歸鄉時，雖然經常被廚房裡傳來的麻將聲吵得無法睡覺，但我從不怪他們，因為有了這群朋友，父親的生活得以不空虛，比起我這經常不在家的長子，父親的朋友們顯然比我可敬多了！

這也是我為何放心地在外工作的原因，因為從我小時開始，父親與這群朋友幾乎是天天聚會的，泡茶賞月成了每晚的休閒，直到如今。並且父親還六十歲不到，身體健朗，因此我便放心地出外求學就職了。只不過，我沒有考慮到的是，六十歲的生命會一直老化的，但我的工作卻可能一時走不開，於是日子一久，父子之間的思念便愈加深長，然而兩人之間不相見的時間卻也愈來愈長了！小時候，我對父親那些泡茶的工具熟悉得很，但如今，有時我卻幾乎找不到想要的東西！

當我猛然發現這點時，心中是惶恐莫名的！什麼時候開始，我與我的家變得如此陌生？例如有一次父親煮好了菜，叫我們三兄妹把碗筷擺好時，我竟然找不到它們放在那邊？這個昔日最熟悉的東西，我竟然翻遍廚房都找不著，後來父親才笑著說，碗筷都擺到後院了，這樣廚房空間會大些！不過，雖然我也隨著父親的笑而笑，但我心下知道，自己似乎已開始對不起這個家了！

於是我看了一眼廚房，昔日煮飯燒水的那個大灶，什麼時候拆了，換成一組歐化的流理臺？而牆角也砌了一個磁磚平臺，以前那裡是用來置放小碾米機的，如今小碾米機到那去了，那個平臺又是什麼時候砌的？這些，我一概不知道，只知道家裡許多東西一直在更替著，而那時候，這個家庭的長子在外求學謀職，始終不曾參與！

我有些心慌，吃完飯後，走到客廳一看，客廳牆壁的漆粉似乎都脫落了，有些斑駁。我想起父親曾寫信給我，說曾經因斑駁脫落得太嚴重，所以重新請人補漆填泥，如今算是好看許多了！然而，這一切的過程變化，他的兒子仍是不曾參與半分。

那麼，當我想找杯子喝水時，一時真的也找不到放茶具的地方了！這個以前熟悉的事物，如今卻有些生澀。後來，還是經過父親的指點，才一一找到我所要的東西。這時，我才發現以前的那個小茶壺，如今換成一個大茶壺；而佛桌下面也放了個塑膠桶子，裡面裝了乾淨的清水。這些都和以前大不相同。

據父親說，因為家裡的朋友多，所以泡老人茶的小茶壺不夠使用，必須用大壺，一沖便夠十個人喝，他笑著說，沒幾天就要買一斤茶葉，那群打麻將的朋友，每個都是喝茶的能手哩！唯一不方便的是，因為人實在太多，有時來了另個朋友，想要馬上沖一壺仔細道地的老人茶時，卻經常還要重新燒水，在時間上有些不便！

因此，父親提議說買個熱水瓶吧！這樣會方便許多的。

這時我才發現，原來家裡到目前為止，連個最基本的熱水瓶都沒有！於是我的不安又來了，這不就是我的不孝嗎？而我猜想，其實父親老早想買熱水瓶了，只不過熱水瓶可有可無，所以縱然不是很貴，父親也一直擱著。然而，最重要的原因大概是希望和我一起去買吧！

因為這是父親僅剩和我相處、共同參與一件事情的時刻了！而我當然也知道這點，於是貼完春聯的那個晚上，我便提議到屏東市區的百貨行，挑選一個熱水瓶。後來，仔細選擇妥當後，父親從口袋掏出金錢準備付帳，但卻被我阻止了，因為我知道這錢應該是我要付的，雖只是小錢，但由我來付，表示他的兒子已然成長了啊！

父親就老是覺得他的兒子還未成長，雖然他知道我的收入已是他的數倍，然而父親仍習慣用他的錢來買這些小東西。幾年以來，都是這個情形，但如今我知道我要承擔一些責任了，這個熱水瓶，就算是一個小小的開端吧！

父親或許也察覺到這點，因此他對這個熱水瓶愛護有加，比起家裡其餘貴重的東西都來得重視。並且，每逢有朋友來到家裡時，父親便當著我的面，向朋友說這個熱水瓶是他的兒子買的，是在屏東的百貨行買的喔！而妹妹回家時，父親也得意的說：「這是你哥哥買的熱水瓶！」妹妹笑得很開懷，馬上跑到熱水瓶旁，仔細端瞧個夠。一家四人，便因這個熱水瓶的到來而欣喜不已！

熱水瓶剛買回來的晚上，父親便迫不及待地翻開說明書，研究著熱水瓶的使用方法，並一一照著做。其中有一點說明是：初次使用時，必須先裝滿水讓它沸騰，之後倒掉，再停十五分鐘，裝滿水，讓它沸騰再倒掉，如此來回五次。我看這則說明時，心中不免發笑，那有人這麼麻煩的？頂多將初次煮沸的水倒掉便可使用了啊！於是我將我的現代觀點告訴父親！

父親顯然也知道，他也笑笑同意我的說法，然而，笑笑的同時，他卻一意地照著說明書的方法去做。這時父親幾個朋友和我三兄妹都在客廳，我們便一邊看著父親忙著換水煮沸，一邊玩笑地說父親實在太笨了，竟然相信說明書的話。那一晚，我覺得再溫馨不過了。

不過，若真照著說明書上的使用法，等到正式可以使用時，至少要花去一個多小時，當我們買回熱水瓶時已經是十點多了，後來父親的朋友漸漸離去，而弟妹也因睡意紛紛回房。明亮的客廳裡，只剩我與父親，守著還「不能」使用的熱水瓶。到了第四次煮沸時，父親稍微閉了雙眼，緩緩在沙發上睡去，這時熱水煮開了，但父親卻不知道。於是我輕輕叫醒父親，請他回房去睡好了，不過他又揉揉雙眼，說：「我還沒睡著呢！熱水瓶還要煮沸一次才行啊！」說完便又忙著換水去了。直到十一點半時，好不容易才忙完，而我才放心地回房睡覺！但這時，我卻睡不著了，倒不是因為廚房依舊傳來的吵人麻將聲，而是父子間的情懷，將我勾得混亂非常。

我在想，我什麼時候真正好好對待過父親了？從這個小小的熱水瓶便可以看出，父親是多麼需要我們在他的身側，和他一起完成每件屬於全家的事啊！因此，每次我回鄉時，父親總喜歡找些事來做，例如洗洗厚積灰塵的電風扇，或是扶正歪斜的盆栽，而這些，平日父親都可以一人輕鬆完成的。然而他總是要等到我們回來了，才來一起做這些芝麻小事，不為別的，就只為一股全家的共同生命感罷了！然而我三兄妹，卻一直少讓父親的心願實現。

買熱水瓶的那晚，妹妹因工作繁忙還沒返鄉，所以當晚飯都煮好時，父親卻只叫我和妻與弟弟先吃，他卻說要先看看朋友打麻將，等餓了再吃。然而我知道他那真是這樣呢！他其實是在等著妹妹回來呢！因此雖說要陪朋友，但卻又不時地走到大庭，看看有沒有車子駛入？後來，當我們都吃飽了，而飯菜也涼了，父親卻仍在大庭徘徊，那天晚上，妹妹終於到了十點多才回來，而父親也就一直不曾用過餐了。這樣的情景，不知道已發生過多少次？然而每次都是一樣的，三兄妹依然不懂事，叫父親傷心。因此，從這次買熱水瓶以後，我便愈加發現父親的寂寞了！只不過，我檢視了一下客廳，實在也找不出可以再買些什麼東西！似乎很少理由可以再載著父親到屏東市的百貨公司，在熱鬧的人群中精挑細選著百貨。於是，我的心情也變得愈加難過，心下竟盼望著許多器物能趕快壞掉，這樣我就有理由再替父親採購了，也就有機會可以再和父親相處，完成離鄉多年的情懷了！

我也盼望著門前的春聯趕快褪色，因為如此一來，我們三兄妹一定又會同時返家的。至此，在我的生命中，將「春」、「福」字貼正，成為極重要的一件事！因為唯有如此，我才能體會什麼是真正的鄉懷！什麼是最溫暖的親情！這些情懷，莫不早已在現代社會消失許久了。是否也已在我心中消失了呢？我卻是不敢多想！

不相識的父親

前幾天父親打電話來，說他要退休了。我笑了笑，透過冰冷的話筒說道：「那以後可以經常到北部來玩了！」父親也說對。

其實，我聲音裡的笑容是有些虛假的，心裡惆悵莫名的成分居多，腦海中一直想著：「父親居然要退休了！」「這幾十年來，他的兒子曾關心過他嗎？」甚至，我連父親在國小服務幾年都不清楚，那麼何況他的日常點滴了！有許多時候，我是不曾參與父親的生命的。忽然間，腦海中浮現朱哲琴的歌「不相識的父親」，對於父親，我真的是與他不相識的時刻居多。

例如去年，要不是妹妹來了一通電話，說父親腰痛厲害，連站都站不直了，要我回家看看他的話，我都還不知道原來父親已經老了。那一夜，我在苗栗他鄉住處落下了眼淚，任憑妻怎麼安慰我，淚水依然沾濕了床被。

隔天我便驅車回家，在高速公路上飛馳，也管不了太多交通規則了，心想的便是父親的容顏，是憔悴？還是疲困？車速只有在靠近家門時才緩了下來，這時卻又有點情怯了，我知道父親一定在家，但我猜想著：他是躺在平日樹下乘涼的竹椅上呢？還是臥在病床上呻吟？

奈何庭院太小，當我不及細想時，車已停了下來，眼前便是父親的身影，他坐在客廳裡，孤孑一人，看到我回來了，依然露出昔日慣有的微笑。只不過，微笑勉強了些，看得出來是身體不適造成的。我不禁也露出微笑，問說：「你的腳怎麼了？」而父親則答得簡單：「不曉得，站不起來，走路都有困難。」說完，父親便去上廁所了，我看著他的背影，想到了朱自清。

父親的身材也是魁梧壯碩的，像朱自清的父親般。不同的是海軍陸戰隊的磨練，鳳梨山上的粗活，加上當了數十年的國小工友，早已讓父親鍛練成金剛不壞之身。例如每次當我苦於蚊蟲叮擾時，父親總說那有什麼蚊子啊！原來蚊子根本就無法叮穿他的皮膚。因此，我直到這次回家前，都還認為父親是不倒的。那裡知道，我竟錯了！

父親還是倒了，而且極其嚴重，據他說是為了搬移冰箱，於是扭傷了腰，整個背部的神經連帶抽動，身體必須呈九十度彎曲才能稍解苦痛。晚上睡覺時更加難受，往往找不到適當的姿勢，於是便這麼地一直痛到天明。這情況，已持續一星期了，但此時他的三個兒女都在外謀生，竟然只讓他一人承受這苦痛。

可能是因為父親痛得受不了了，想要有兒女陪伴，以精神的安慰來治療肉體的疼痛，於是父親便打電話告訴了妹妹，要妹妹回家一趟。父親一向最疼妹妹，有妹妹陪伴身側，再痛也可以忍受過去。但父親一直交代妹妹不要告訴我，因為我住得遠，回家總要四五個小時，對工作不方便。不過妹妹還是不忍，一通電話告訴了這個遠方的大哥。

我此時看到的父親背影，已不再是魁梧壯碩的身軀了，疾病的緣故，使得父親瘦弱許多，因為是夏天，父親只穿了件短褲，露出了乾癟的小腿肚，讓我驚訝這難道是昔日那雙肥厚的腳腿嗎？而以前他總是直挺昂立在天地的身影，這時再也挺立不起，只能藉著拐杖，一步一步緩緩挪動著。我想，我是逐漸與父親不相識了。心中的眼淚，跟著父親的身影消沒在廚房時，緩緩地便流下了！

什麼時候，我盡了人子的責任了呢？什麼時候，我能讓父親免於苦痛的煩惱了呢？不曾有過啊！自從母親去世，我一直在他鄉流浪，對於這為人子的責任，一點也不曾盡過，只在每年過年過節回家探望父親幾次，但對父親而言，這的確是少了點。雖然他不曾說，但我知道他最大的心願便是我們都能留在他的身旁。

可是我還是離開了家鄉，來到五百里外的他鄉，害得父親每有相思之苦，便得坐著四五個小時的火車來到苗栗。排隊買票，一路顛晃，總是孤獨。而我每回想盡人子孝道時，也得同樣開上四五個小時的車，便為著幾天的見面罷了！父親與我都有一種說不出的離情感受，但我們卻總是不曾開口，於是便這麼地敷衍了一年餘。

這回因為父親腰背疼痛，使得我那個月裡一連回家數趟，為的便是載著父親到診所作復健，雖然左右親戚鄰居不少，他們在父親病痛期間也都協助開車送父親作復健，但父親總還是希望我載他，雖然他知道我一趟來回要十個小時，而作復健的時間不過半小時罷了！很麻煩的，但他還是讓我載了，坐在自己兒子的車裡，應是再安全不過的事了！

幸好，父親的堅強毅力終究帶他渡過了難關，我回家四五次以後，父親的腰背已能挺直了，雖然還略有疼痛，畢竟已起色不少，叫我這為人子的欣喜欲狂，覺得天底下再也沒有比這更令人興奮的事了。然而，父親的病逐漸痊癒，我卻也因工作繁忙而不得不回到苗栗，自此父子兩人相見的時間又少了！回來苗栗前，我望一望父親的容顏，他的笑雖不再那麼疼痛了，但卻充滿了不捨。並且，我突然發現父親的額臉上多了好些的老人斑，原來他已老，而我竟又沒有察覺，父親與我是不相識了。於是我驅車上路，心情依然落寞。

後來，我的女兒出生，是我家第一個孩子，父親自然疼愛百倍，奈何父子遠離數百里，我的女兒，終究也是認不得她的阿公的。我還記得去年過年回家時，女兒初抵家門，因為陌生而大哭的情景，而父親則因為思念太久，一手便從我的手中接過女兒，想要抱她，那知女兒根本認不得這個阿公，哭得更加劇烈了，害得父親手足無措。我抱過女兒，笑斥著說：「不能哭啊！那是阿公啊！」但那知女兒根本不懂，依然號啕，聲音響徹了左鄰右舍。我想，父親一定很傷心失望吧！盼了好幾個月，但孫女就是認不得他。

幸好一兩天後，女兒逐漸摸清環境，不哭鬧了，也肯讓父親抱，於是父親整日便抱著孫女，走遍村莊的大街小巷，我知道這是父親最愉悅的時光了，他抱著孫女，同時也就是在擁抱著失去已久的親情啊！我看著他們祖孫的身影，雖然不流淚，但依然也是惆悵了。

因為過完年，他的兒子、媳婦、孫女又要北返，至少和父親不相見好幾個月，父親的相思之苦可想而知。我清楚得很，父親一定每日在家想著他的孫女，看著一堆的相片默默地微笑。但，這那及得上將孫女抱在懷中的感覺啊！

前幾天接到父親的電話，告訴我說他要退休了，我詳問了原因，父親說是因為那場腰背疼痛引起的，他說有時工作太累了，便還會依稀感覺神經在作怪，加上屁股還有痔痛，於是便乾脆退休好了，也可以多上來抱抱孫女。

我又心酸了，不禁想到父親這數十年來在國小當工友的情景，不論澆花除草、修剪樹木，在屏東的烈陽下，那一樣不是駕輕就熟，一下便完工了呢？我猶記得國小校園中有好幾排菩提樹，枝繁葉茂，都是父親在修剪的，我在下課時便喜歡看著父親修剪這些菩提樹，看到手腕粗的枝條隨著父親的刀斧過處落下時，便覺人生美好無比。但如今，父親卻說他已無法剪動這麼粗的枝條了，有時雙手扶著都嫌費力了，於是乾脆退休好了！

於是我數一數父親在國小當了幾年工友呢？約莫是四十年，其實他早就可以退休了，不過前些日子他還一直逞強，覺得身體尚朗，還可以做到六十五歲退休，但沒想到逞強的結果便是換來那場腰背痛，加上痔痛，連坐都無法安穩，於是便提早了兩年退休。我想這樣也好，他可以經常來看孫女了！

果然，前幾天他便迫不及待地上來了，看他最疼愛的孫女。那裡知道，孫兒依然不認得阿公，經過幾個月，又忘了這個慈祥的阿公了！

父親一直想抱孫，但是女兒卻一直依賴在我的懷中，她甚至對阿公有些恐懼感，看到那麼高碩的一個人，皮膚黝黑，臉上又斑斑點點，雖然不時流露著笑容，但終究對一個一歲多的小嬰兒來說，還是有些畏懼的。

父親也知道其間緣由，因此也不勉強馬上抱到孫女，畢竟那麼多時日不見，不認識阿公也是很自然的事。然而，我這做人子的卻不忍心了，於是我盡量安撫著女兒，灌輸著「那是阿公啊！」的觀念，盡量找機會讓他們祖孫能親近一處。努力了兩天，終於拉近了距離，女兒開始不怕我父親了，肯和她的阿公玩了，不過還是不肯讓父親抱便是。不過我相信，再過幾天情況就會改善的，父親已退休了，他有那麼長的時間可以好好跟孫女相處的。

那知，第二天傍晚，父親、我與妻還有女兒從外頭遊玩回來時，隔壁人家卻突然有長者過世，情況突然出人意料，滿屋都傳來哭號的哀聲，女兒好像有點嚇到了，驚惶失措。於是父親便對我說：「你等一會替我買明天的火車票，我先回屏東好了！不要讓衣蕙嚇著了！」於是我匆忙收拾，與妻開車先行帶著女兒到岳母家。臨走前，我對父親說：「如果你餓了，就先到街口去吃碗麵；如果想睡就先睡好了，火車票我會買好的。」

從岳母家回來時，已是夜裡十點多了，我知道父親晚上不會到街口吃麵的，於是便為他買了碗麵，那知進到家門時，父親已睡了。我在想，父親是怎樣的心情入睡的呢？

隔天我開車送父親到火車站搭車，沿路父親對我說：「真是可惜，好不容易和衣蕙較熟了，卻又突然如此！」我聽了也有些感傷，看著父親上車的身影，我又覺得惆悵了，我的父親與我的女兒，他們依然不相識啊！

幸好父親已退休了，他還有好多時光可以和我們相聚，或許，這是我重新好好認識父親的時刻了吧！也是重新好好盡人子孝道的時候了吧！

秤

前些日子回鄉下老家，發現柴房木柱上那把秤不見了，連同秤錘，不知是被父親丟了，還是賣給收破爛的？反正，如今那根斑駁的木柱上，約略只剩秤柄留下的掛痕罷了！早知如此，當初就應將它保存下來的，因為這是紀念母親的遺物之一。丟了它，好似也就丟掉一些回憶了！

我小時候便對秤有極大好感。每次父母帶我上雜貨店買東西，我最注意的便是老闆手中那把小秤，精緻玲瓏的秤身，秤頭懸著擦得銅亮的秤盤，秤柄則掛著一塊黑黝的秤錘，隨著老闆油肥的手掌左右滑動著。我知道只要用到這把小秤時，便都是些好東西，例如香菇、金針等。至於糖、鹽、醬菜等較粗的雜貨，一般是上不了秤盤的，那只消隨意地擺在磅下，胡亂地看一眼，便告訴你價錢了。因此，我著實喜愛這把玲瓏的小秤。

不過，喜愛歸喜愛，我頂多只敢露出欣羨的神色罷了！但那與我的生命無關。真正與我家息息相關的，則是一把不甚精緻也不起眼的秤，但對它的感情，卻遠超乎雜貨店那把小秤了。

之所以會有這把秤，當然和家裡做米苔目麵食批售的生意有關。每日大清早，當米苔目都已煮熟吹乾時，母親便會牽出腳踏車，取出竹簍安放在後座上，竹簍裡枕鋪著一面浸濕的麵粉袋，再將米苔目放在裡面，用麵粉袋蓋好，而那把秤就擱在麵粉袋上頭。粗黑的秤身，恰與白皙的麵粉袋相映成趣。然後，當黎明微光乍現時，母親便牽著腳踏車，身影逐漸沒入街道的那頭。

小時候看到這一幕，心中總是溫暖非常，覺得父母的偉大，天下再無人可以比擬。因為我清楚地知道，母親這一到菜市場，便就是一個早上的辛苦，而此時，她通常連早餐都還沒吃！抱著一個虛弱的身軀，便投入熱鬧沸騰的菜市場，為著蠅頭小利奔忙去了！

不過，菜市場裡的鄉人們是看不見母親的倦態的，他們通常只是看到一個和藹親切的婦人，用著愉悅的笑容，牽動輕巧的雙手撥弄著秤錘罷了！許多星期假日裡，我經常會跟著母親到菜市場，每次總是看到母親秤量斤兩時，都是將秤錘盡量地往秤頭挪動，讓秤尾翹得滿天高。我知道這樣是會減斤兩的，我們要吃虧，然而母親卻總是笑一笑，顯然她不認為做生意就必須賺很多錢。

不過或許是因為這個緣故吧！鄉人們倒都喜歡向母親買米苔目，所以通常早上十一點不到，大竹簍裡便空無一物了，只剩那把秤柄斜斜地倚著簍身，好似完成一天重擔似地靠著。這時，母親習慣向左近的小販買些菜肉，放在竹簍裡，牽起腳踏車，準備回家了！而這時日頭正艷，但母親則仍尚未吃早餐。

回到家後，母親仍來不及吃早餐，她只是將竹簍擺好，取出竹簍裡的秤柄，將它安穩地掛在菜櫥旁，便又忙著準備中飯了。那時，我總發現母親的身影忙碌得很，但秤頭的身影卻是出奇地安靜。在我的心中，總隱隱覺得那把秤柄會說話似地，至於說些什麼，我卻講不上來。

或許，秤柄所述說的便是一種鄉情的感動與對父母的感激吧！因為我發現，其實我們這個家，便是靠著這把秤柄支撐起來的，雖然它不會說話，但它卻一直默默地奉獻著，直到功成身退為止。後來，當我家境遇稍好時，便由原來的一把秤而增加到三把，那是最愉悅的時光了。

另外兩把秤，一把是因為原先那把太舊了，所以換了一把新的。較長，柄身也較光亮，上面的刻度還是燙金的，就連秤錘也用了不銹鋼的，怎麼看都覺得順眼舒暢。從此後，那把舊秤便一直地掛在菜櫥旁，而被新秤給取代了。不過，雖然我們喜悅於新秤的到來，卻也仍捨不得丟棄舊秤，總覺得留下舊秤，也就會留下許多珍貴的回憶。

除了這兩把秤之外，約莫在我升上國中時，家裡又添了一把大秤，那是為了秤量肥豬仔的重量用的。

在我那個年代的鄉下人家，家裡大約都會養幾頭肥豬當副業，每次肥豬要出售時，便很需要這把大秤。這類的大秤約莫長兩公尺左右，單單秤錘便有幾斤重，因此一般人家是不會獨自購買的，總是要到出豬時，才向別人家借來使用。借到大秤時，附近幾戶人家都會聚集到豬圈旁，同心協力地忙好一陣子，約莫在日頭下山前，便可以清楚地算出肥豬仔的重量了。

我永遠難以忘懷那樣的場面，覺得再溫馨無比了。每逢家裡的肥豬長到百來公斤時，父母便開始籌畫是不是該出售了！不過出豬是件大事，所以父母總會找來左右鄰居，一起商討那隻肥豬可以出售？那隻則還要等上一兩個星期。眾人七嘴八舌地，都認為這是天地間重要不過的事情。而一旦決定了後，父親便開始去借大秤，同時聯絡豬販子來到家裡，準備出豬了。

我永遠記得父親將大秤抬回家裡時，那種得意的表情。他總是將大秤扛在肩上，雙手穩穩扶著，嘴角上則泛起愉悅的笑容，從前庭大步地邁到豬圈旁。然後所有的人便看著父親的到來，口中一致說著：「大秤來了！」接著眾人忙亂一陣，有些趕著奔跑的肥豬，有些忙著將豬腳綑紮上草繩，等一切忙完後，便有人將準備好的大竹竿穿過草繩，讓肥豬倒吊著，這時父親便會提起秤，將秤鉤鉤住草繩，四五個大漢合力抬著，眾人全神貫注地看著父親的手挪動秤錘，然後在一聲：「一百五十斤」的喊聲中，所有的人都鬆了一口氣，將肥豬放了下來。這時，父親便會拿著一根粉筆在木柱上記下肥豬的重量，接著幾隻肥豬都是同樣的秤量，一一分別記好後，便是等待結帳了。

這股熱鬧的場面，總要持續一、兩個小時有餘，而鄉人可愛的地方，便在於這件事其實跟他們毫無關係，但他們總是擱下工作、熱心幫忙，就像是自家的事一般。當日頭將落時，他們都還不肯回家，還在那裡討論著肥豬的重量，似乎在他們的生命中，這樣地愉快聊天便是最滿足的事了！因此，父親後來便在經濟有餘的情況下，乾脆自己買了一把大秤，這麼一來，不但自己方便，而且也可以經常借給別人，總是多了些鄉人在一起的熱鬧場面。這把大秤就放在豬圈旁的柴房木柱邊，我在放學時，便經常喜歡拿著那個大秤錘來玩。大秤錘非常重，每次我提起時總得花許多力氣，但不知怎地？每次當我舉起大秤錘時，心裡總是高興得似乎又想到一些熱鬧的場面，以及每個鄉人愉快的笑容。我經常發誓，等我長大以後，我也要幫忙他們抬著那根大竹竿，而且一定要用盡我所有的力量，不讓竹竿掉落下來，妨礙父親撥弄這個大秤錘。

然而，我還沒長大，家裡卻不再養豬了。因為這時臺灣經濟略已起飛，許多人家都放棄養豬這個副業，我家當然也不例外。不過，最主要的原因，還是母親在那個時候罹患重病，她那孱弱的身軀，已經無法再餵那幾頭肥豬了！

莫說餵豬，她甚至連上菜市場、輕撥小秤錘的力氣都沒有。因為母親罹患的是肝癌，病魔之凶殘，甚至連那把舊秤都還未曾沾染半點灰塵時，便已生狠地造成天人兩隔。出殯的那天，父親將掛在廚房裡的秤柄收起來了，和豬圈柴房旁的大秤擺在一起。從此以後，我家便再也不曾使用過這兩把秤，而鄉人們也看不到那個時露笑容、不計斤兩的和藹婦人了！

母親去世，餵豬的工作便跟著停止。記得那是一個午后，豬圈裡僅剩的三頭肥豬準備出售，左鄰右舍照例來到我家後院，幫忙抬豬算價，只不過笑聲卻是比以前少了。眾人都側頭望空盪的豬圈，想說這裡以後可能不會再有豬隻亂奔了，每日的剩菜剩飯，也不知道該怎麼處理了！因此，父親提起大秤時，心情顯然也沈重了些，以前是夫妻共同的生命體，如今一個人賣這些肥豬，多少總是失落些什麼！雖然旁邊的人還是傳來一聲：「一百五十斤！」不過似乎並不怎麼響亮，也喚不起多少回音。結了帳、放好秤後，豬圈裡從此變得空盪冷清。數月不到，那三把秤便都積染上厚厚的灰塵了。這時我也已經成長，忙著在外工作，一時之間倒是忽略那三把秤的存在了。直到前些日子休假回家，在一個清涼午后裡徘徊在後院時，才忽然發現走失了什麼似的？偌大的柴房，蛛絲漫惹、乾柴亂堆，隱約之中放了些許久以前用過的器物，例如不用的甕缸、破舊的大同電扇，以及掛在木柱上的秤柄。什麼時候，它們變得如此沈靜地安置在角落裡，再不復昔日的風采了？

正當我一一流覽著這些過往歲月時，卻忽然發現那把大秤不見了，只剩兩把舊秤淒淒掛著，不知道是被小孩子拿去玩了！還是借了人家從此不還！反正斑駁的木柱上，兩把舊秤的身影顯得更加孤寂。不過我沒有多問父親，因為想說舊秤還是留了下來，還是足以讓我們想起那段艱辛但溫暖的歲月。我經常認為，只要擁有這些過往器物，那麼人生是會活得更有感情的。不過，器物總是會因歲月的走失而損毀，就拿那豬圈來講，許多牆角都已紛紛剝落，而那幾根木柱更已讓蟲蛀得不成模樣。那麼就不用多說那兩把舊秤了，它竟就在我前次回鄉時，忽焉地便從牆上消失！只留下秤痕與一片記憶，等待人們一一地將它喚回。然而，再怎麼喚，也只是片斷的記憶。沒有了秤，我似乎也就撫摸不到母親的溫暖。只能望著滿佈灰塵的木柱，用手臨摹秤痕一番。

然而，隱約之中，我似乎又聽到母親和藹的笑語，也聽到了父親和鄉人們愉快的聲響，迴繞在這間空盪的豬圈裡。

灶

我經常覺得，現代人家裡沒有一口大灶是極可惜的事。似乎沒有這口大灶，那麼許多溫暖的情懷也就一溜煙地消逝不見了。

昔日的鄉村裡，家家戶戶都少不了這口大灶，用來煮飯燒水之用。而通常地，大約下午三、四點鐘時，家裡的婦女便會暫時放下手中工作，先到後院柴堆中撿拾幾根木頭、兩梱草茵，趁著日頭還未入山時，輕閒地來到灶口前，引火吹燄之後，每個灶口前的婦女容顏，便被點燃的大火照得通紅，映得略微闇淡的廚房明亮溫暖。

這件事天天都在鄉村每戶人家上演著，平凡而單調。我記得小時候，印象最深的便是幫忙父母燒柴煮水，感覺上只要這件事情完成，便表示可以暫時放下一天工作，準備休息了。因此，父母親都很慎重其事，甚至將它當成教導小孩的工作。在這件燒水的工作之前，你大可以盡情地玩耍，甚至玩到全身汙濘也無所謂，父母頂多不過是口頭斥責兩聲，但並不是真心罵人。然而燒水的時候一到，那你無論如何要放下手中玩事，回家幫忙燒水，因為父母親認為，燒水是一家人正式共同生活的開始。

我很小就開始學著坐在灶口前生火了，而且，我第一次感覺父母的偉大也是從這時候開始。父母在生火時，總是非常輕易，往往只是一根火柴、幾片日曆紙，瞬時間便引燃滿灶大火，暈得我的臉頰發燙。然而不管我怎麼學習，卻只見滿手黑炭不說，甚至連半點火星也瞧不見。每次，父母總是笑得很開懷，隨意地拿根木枝在火堆中輕撥一下，熊熊的火焰便已生起。那時我總覺得父母的偉大，天底下再也無人可以比擬。

這口大灶，其實便是每戶人家溫情聚集的地方。小時候，我經常喜歡在傍晚時刻，爬上我家的紅瓦厝頂上，看每戶人家的炊煙升起。那時家家戶戶都是這種紅瓦厝，厝頂都是一座紅磚堆疊的煙囪，整齊有致但又不失變化，每當炊煙裊裊升起時，你會發現每戶人家都可愛極了，一個個動人的小故事，便圍繞著那口大灶在述說著，永世而不絕。

此外，大灶旁更是親族聚會聯誼的最佳場所，每逢過年過節，灶旁總是聚集左鄰右舍、親朋好友，在主人生起灶火後，他們便圍在灶旁，在那裡揉麵、做糕，有說有笑地，談著一些芝麻蒜皮小事。小小一個廚房，只見主人在那裡穿來梭去，他總是擔心灶火裡的火小了，那麼做出來的糕便不好吃，會對不起親人好友。在那一刻裡，維繫著灶火的興旺，同時也就是維繫著鄉情的不墜。

因此我經常認為，那口大灶旁是永遠不會清冷的，一般人家，灶裡的火苗都是不曾間斷地點燃著的，就像每個家庭的命脈一般，經常不斷，讓全家有著無時無刻的溫暖。小時候，每當我打開灶門，看見殘燼中還剩存點滴的火苗時，心中的感覺便無限溫馨。

因為看到這口爐灶，便也彷彿看到我家的全部生命一般。

自我有記憶起，父母的工作便是圍著這口灶而開始的。因為我們是做米苔目麵食的，所以我家大灶裡的火苗也總是生得比別家早些，大約在清晨三時許，父母親便都起床了，當星月兀自還高掛夜空時，父親便已走到柴房中，來回幾趟地抱來數堆柴枝，隨後便是忙著引火，將大鍋裡的熱水燒得沸騰。只要鍋水沸騰了，就表示一天工作正式開始，接著，磨米、揉麵、煮糊便依序進行著，而當開始下鍋煮熟時，約莫則是黎明初起了。那時，幸福的我大約也已起床，睡眼朦朦地走到廚房。但不知怎麼地，我總習慣在灶旁停留下來。

因為做米苔目的工作極辛苦，父親要忙著壓麵，而母親則忙著翻乾，因此經常無暇顧到灶裡的火，有時火小了，鍋裡的水便不那麼沸騰，麵食煮熟速度當然就緩慢下來，這時父母見到我走進廚房時，便會叫我隨時看著灶火，不要讓它變小了。而這件事便是我最愛做的了，因為灶火已生起，所以不必擔心生火的技巧，只須一根根地往裡加，無論怎麼放，都會見到一波波地猛火衝出灶口，逼迎著我稚幼的面龐。有時火燒得太旺，則只見父母笑呵呵地，斥著小兒不懂生火，竟這麼肆無忌憚地猛烈。彼時，我覺得人生再溫暖無比了，似乎這場大火不熄，那麼我全家的生命也就有了希望。

然而，歲月總是會侵人老，就像科技總會趕走傳統大灶一般。當我稍長之後，早已學會如何輕易生起火苗時，卻發現幾條縐紋已在父母的容顏上刻畫出來，而在一個無風的清晨裡，我望見母親略已佝僂的背影走過大灶旁，竟似有無限的悽愴隨之生起。感覺上，似乎那口灶的爐火有些冷清了，心中隱隱生起不祥的預感。

而母子間這種預感是極靈驗的，後來在一個星期日裡，母親因肝癌離我們而去。那一天，我家大灶的火苗終於沈寂下來，整整三天，灶裡的火苗不再被點燃。那三天，我發現一個家庭的大灶裡若是沒有升起火的話，是再恐怖不過的事了。因此，三天後，父親怕我們太傷心，於是叫我再去升灶火，準備燒水讓弟妹可以洗澡。那時我坐在灶口前，雖然我熟練的技術在幾分鐘裡便已燃起一灶大火，然而火光熊熊，心下卻不免悽冷，心中想著，多麼希望此時我是一個不會升火的小孩！因為唯有在我不會升火的時候，才有母親在旁呵斥著我，教導我升火的技巧啊！然而如今她的兒子已然成長，懂得燃起自己的火把時，但她的光輝卻已消無不見了！

因此，對灶的感情是溫暖中帶著些許感傷的。不過，父親對我們的情感，終究還是用積極趕走了一切。母親逝世七天後，這口大灶的灶火又重新燃起，父親一人頂著星夜，又回復做米苔目的工作，然而同時可以想見，辛勤必倍加昔日。身為長子的我，不好再窩在棉被貪睡了，許多星夜裡，我都想在三四點時便起床幫父親做事，然而父親總是不許，他只是讓自己身上的汗水一如雨下，然後嚴肅地叫我回床睡覺。從那時候起，夜裡趁著小解經過廚房時，在灶旁添上一根木柴，成了我最大的心願。

失去了母親，於是下午燒水時便也似失去許多溫情。這時我們三兄妹都忙著上學，而父親也要上班工作，所以全家人回到家時都是六點多了，無時間再燒柴煮水。而時代的進步，剛好也在此時發明瓦斯爐，因而基於方便緣故，全家洗澡煮飯也就依賴著它了。殊不知這麼一個依賴下，那口大灶從此不再升起火苗！後來，隨著時代的進步，不僅我家如此，其餘人家的紅瓦厝頂也都極少再看見炊煙昇起了。

這種情形，是一天爬上家裡紅瓦厝頂上時，猛然驚覺的。那天我爬上厝頂時，心中訝然發現，什麼時候村莊裡多出好些的樓房，而原本那些瓦厝呢？怎忽地說不見就不見了呢？而此時天空向晚，以前該在此時升起的炊煙，竟然也沒有半戶人家升起。於是，我的一顆心不禁徬徨了，沒有了炊煙，不就表示那口大灶裡的火苗都已熄滅了嗎？那麼火苗熄滅，家家戶戶的小孩都在做些什麼事呢！灶前的溫馨，誰來給他們說故事？

後來我走過街道，發現一般廚房大都改建了，歐式流理臺佔據每戶人家，成為燒火家事的場所工具。然而我不知道的是，這光鮮的流理臺，是否有一盞永不熄滅的火苗在燃燒著呢！

如今我家的大灶也在兩年前拆掉了，拆掉的時候我在他鄉工作，因此趕不上看它最後一眼。而據父親說，早該拆了，因為煙囪上端裂了個縫，下雨天總是不時滴下雨水，極難工作。而平時，家裡也沒有老人家了，留著大灶便佔了空間，不如拆掉方便。再說，兒女都不在家，燒那麼一鍋熱水也沒用，有瓦斯爐就方便得很了！

我聽了有些感傷。我嘗想著，假如今天我在家裡，而不是在他鄉工作的話，是否會讓這口大灶依然保存著呢！其實我不敢想。唯一能做的，是再次爬上我家的紅瓦厝頂，再看看幾戶僅剩的紅瓦房，心中猜想著哪戶人家還留有這股溫情？還有幾口灶苗在傳薪著？

還是，連這幾戶紅瓦人家都將要不見了呢！

故鄉

我開始對故鄉產生迷思，
　逐漸地不認識她了；
我想，故鄉也逐漸地對我產生迷思，
　她也逐漸地不認識我了。
於是，我徘徊在他鄉與故鄉之間，
　卻終於找不到故鄉……

後花園

當我步入成年，腦海中經常浮現的景物，竟不是雄奇的壯山麗水，也不是優雅的庭臺樓閣，而是一個荒棄凌亂、幽深雜蕪的後花園。

顧名思義，後花園不同一般種花植草的花圃，而是在平日起居的屋舍之外，一處隱密、荒枯，成人極少到的園地。這片園地通常是屬於童年的，或是這麼說：童年階段若不曾在後花園嬉戲作過夢、探索一些驚奇、閃爍一些感動的，便不算擁有真正的童年。

後花園裡，長滿不知名的野花，那可能是青鳥隨意叨來的種子，在此綻放；遍佈極尋常的野草，那恰似千古以來便一直生長在此，謝了又發。此外，總有一棵大樹，可能是棵楊桃，也可能是株蒼榕。反正，它的樹幹夠粗壯，足可躲藏孩童的身軀；它的樹枝夠高長，足可在上面攀爬採果；它的樹葉夠茂密，足以遮蔽炙人的烈陽；它的樹根夠紮實，足以支撐這片童年的天地。

那個孩童不曾在這棵大樹下躲過貓貓？採過青果呢？我便記得童年時光中，單從樹上跌落便有五六次之多。那麼，就不必提曾在樹上睡過多少光陰了！經常地，傍晚五六點，當父母親正忙著找我回家洗澡時，此時我正被一隻樹上的小瓢蟲，迷惑地忘記天黑了呢！

後花園對孩童來說，便有這麼無數新鮮。你可以花整個早上，看一群螞蟻搬運碎落的果屑，也可以用一個下午，聽聽鳥叫與蟲鳴有何異同？甚至可以費去整天的光陰，欣喜無聊地去判別麻雀和燕子的區分。在後花園裡，無人會計較你一切瘋顛痴狂的舉動。

這種瘋顛痴狂的舉動是孩童特殊的專利品，極清新、活潑、可喜。許多人長大些後，便不至於傻到在後花園尋找失落的小狗，或是訪覓蜜蜂的巢穴，甚至好奇地走進一個破舊的木屋，看看屋裡是否真藏有一個被人遺棄的瘋老婆子？

例如那座破舊木屋的謎底，童年的我便一直解不開。據一些年長的孩童繪聲繪影地說：木屋裡，鎖著一個八九十歲的老婆子，瘋了，披頭散髮，口中喃喃。中午及傍晚時，傳說是她的兒子會送飯來，擱置在木屋的窗口後離去。只是，兒子卻經常忘記送飯來，那時，暗夜的木屋裡，便時時會傳來陣陣淒慘的哀號聲，響徹後花園每個角落。甚至，入夜時分，還傳說木屋鬧鬼云云……。

我總想一探究竟。找些同樣沒膽的孩童，來到後花園裡，撥開叢密的蘆葦草，走過雜棄的家具堆，漸漸地靠近破木屋，但卻總在五公尺外便停了下來，沒人敢再接近。只看見木門的確是深鎖著，鎖上一層厚厚的鐵銹，窗戶是關著的，但卻找不著碗盤。木屋內黑陰一片，只有不時傳來傍晚呼嘯的冷風聲響。

沒人敢確定裡邊是否真關著一個老婆子？但顯然地，人人在一聲不知是誰突來的叫聲「有鬼」之後，都嚇得一散而光。然而，每個孩童卻覺得好滿足，似乎都得到解脫般地心甘情願回家了。

我想，這便是後花園奧妙所在。其實，後花園裡一些新奇的東西也無，只有雜草，只有荒堆，頂多再加上一棵會結澀果的大樹，樹下一個搖晃的鞦韆，還有遠處一座廢棄的空屋罷了。然而，孩童最易於徜徉在這平淡的事物中，進而從平淡中見出海闊天空，幻想出神奇譎變。那些荒亂，都比家人規矩的陳設、一律的生活要來得有趣，來得非凡；那些空盪，也比室內繁瑣的擺飾、不變的步調都來得愉快，來得玄奇。

也可以說，後花園是釋放童年夢想的天地。它隱密、舒暢，沒有大人的教條、師長的訓誨；它寧靜、詳和，擁有充分的空間、無拘的時間。而這些都是孩童心靈深處，白天在學校、在家中可能被壓抑，而必須下午到後花園中才得舒展的天地。

我永難忘懷每個下課後的傍晚，從熙攘的街道中，躲入寧靜的後花園裡，將書包掛吊在枯乾的樹枝椏上，和友伴比賽誰先爬到樹枝梢，摘下那顆尚未成熟的楊桃；或是在廢棄的木料石堆中，找尋一兩片建屋後剩餘的完好馬賽克；或是玩玩跳繩、彈彈玻璃珠、吃吃小零嘴。此時，無論是讓微風輕拂臉龐，或是觀賞夕陽日落，都不禁會露出欣喜的微笑。而後，就在一片釋放後的滿足中，再掄起枝椏上的書包，翻越牆圍，踏上歸途。

中國人的生命性格，大約都需要這一片隱密、不受干擾的洞天吧！我想。而最出名的那座後花園，大概便是陶淵明筆下的桃花源了。只是桃花源是一片清塵無染，落英繽紛，比較應屬於大人的世界，而小孩童的桃花源，則就是這個鄉村四處可見的後花園了。

這現象多少意味著，人類心靈深處試圖擺脫節奏的、規律的生活步調。因此，漁夫選擇了別有洞天的桃花源，而張君瑞和崔鶯鶯也選擇了一座花園作為定情之處，這個花園，多少和桃花源有些類似。因為人類的原始情感，必須在這正式屋舍之外的天地中，才能獲得解脫釋放。

可惜的是，當人們試圖積極尋找淵明的桃花源，或是在書本裡沈醉西廂的情趣時，卻往往忘記小孩童也應有座後花園——一座悠遊自在、與萬物情感交匯的後花園。但很遺憾地，到處的後花園卻一個個地消失了。在那片雜亂的野花草堆之中，都被大人們清除乾淨，蓋起了公寓樓房，一棟棟門戶深鎖、鐵窗緊閉的水泥屋殼子，狠狠地禁錮每個童年純真的夢想！

於是，當我長大後試圖回味後花園苦澀的楊桃味時，卻找不著那座廢置鬧鬼的空木屋了。雖然我明知屋內根本沒有瘋婆子，但我仍執著地告訴自己：瘋婆子肯定有的，只是可能不再瘋了？也或許是兒子突發孝心，將她接到水泥的鐵窗公寓裡？總之，我肯定童年的所見所聞，一切應都是真實不虛的。

事實卻告訴我，這些夢憶早已隨風飄揚。如今，我家附近那座後花園，早已搭起樓房，擺滿電動玩具小鋼珠。嘈雜規律的機械聲，劃破這悶熱、憂鬱的天空，取代那腦海中原本詳和安寧的空氣。不禁感嘆，現代小孩的童年夢，如今都得建築在聲光的科技產品中，而非紮實的土地上，親切的草香裡。

至此，我極能體會漁夫出洞後的心情，落英繽紛變成遙不可及的記憶，雞犬相聞成為不可再得的景況。人間，只能封鎖性靈、禁閉想像，任由生命的樸拙，轉換成刻薄的猜忌。這便是二十世紀末的人類。

走在昔日後花園改建後的街道裡，只覺夕照蒼茫，有些陰沈。腦海中，又浮現了苦澀的楊桃，也憶起了悲愁的野花，如今它們都已隨著繁榮進步的煙塵，無奈的葬送在地底最深層處。

樵歌

每年初秋，我都會回到大武山上走走，看看漫山的蘆花，聽聽滿谷的鳥鳴，更奢望些，還盼能尋見一兩個老樵夫的蹤影……

在那個經濟尚未起飛的年代，大武山下的龍泉村，家家戶戶都窮的。因此，為了煮飯燒水，每戶人家都會在農閒之餘，到山上或山谷裡撿拾柴薪。通常只要忙個一整天，便可撿拾滿車的乾柴枝，足供一星期所需。

村民們都是從村後那條黃泥路往山上走，走沒多久便到了鳳梨農場的大門。沿著農場大門旁邊，有一條蜿蜒的蘆叢小徑，走五、六分鐘後便會來到一片青青的草原，草原旁是大片的懸崖山谷，那裡有撿不完的相思樹枝。

撿柴的配備很簡單：一把柴刀，一輛腳踏車，一條遮陽頭巾，外帶一個便當。此外，就是一整天的汗水辛勤工作了！

小時候我便經常跟著父母到山上撿柴。天才剛亮不久呢，一家五口，便忙著牽來兩輛腳踏車，看著父親將柴刀繫在腳踏車的橫槓下，而母親則忙著將準備好的便當繫在後座上。三個小孩子，跳跳鬧鬧地在父母身旁繞來繞去，說是要上山捉鳥去了。

真的，山上真的有捉不完的鳥哪！當我們來到那片青草原後，父母親便將腳踏車停放好，隨後就忙著到山谷撿柴了！而小孩子幫不了粗重的工作，只能閒在青山裡，沒事可做，於是便開始留意起山上飛過的鳥兒了。山上的鳥兒，單單我認得出來的便有十姊妹、紅嘴鸚鵡、白色的鷺鷥、黑色的烏鶖以及青色的翠笛子等，數也數不清。這些鳥兒有的停站在高高的相思樹上，有的棲息在低低的蘆花叢裡，有些則根本找不著它的所在，只能聽見空中不時發出陣陣悠揚的鳴叫聲，響徹整片青山，讓你猜想究竟是從何而來的迴響？

在山上，單是忙著聽鳥鳴便足夠打發一天時間。山上，每隻鳥兒的叫聲是那麼清脆明白，你只消輕輕聽一聽，馬上可以辨認出鳥類的品種來。例如聽得「嘰令」一聲時，再看到倏地一陣灰影從蘆叢飛起，那麼便馬上可以確認那是鶺鴒鳥了。於是，這邊聽聽，那邊看看，日頭便在不知覺中走到了正頂，曬得黃土發熱。

這時太陽正巧在相思樹頂，相思樹下則是一片濃蔭。父母親總是在這時候從山谷下走上來，解開布包裡的便當，一邊分配著便當裡冷掉的荷包蛋、小豌豆及酸菜乾；一邊則聽著我們兄妹早上辨認了那些鳥兒。聊著聊著，全家便都在暖暖的陽光下睡著了。父母親倚著相思樹幹，而我們則趴在父母親的膝蓋上，一睡便是一個多小時。

下午兩點多時，全家便都起身了，父母親又忙著到山谷下將撿好的柴枝搬上草原。而我們這時候則不忙著捉鳥了，三兄妹手牽著手，走進山谷旁的一座小林子，在那座林子裡，總會遇到一位熟悉的老樵夫，他都會親切地說一些故事給我們聽。那些山中故事，每次總叫我們合不攏嘴。

我們愛極老樵夫了！但說穿了，他們的裝束卻極其尋常的，無非是身上一襲粗布短褐、腳下一雙草履、腰間一挺柴刀、肩上一擔乾柴，卻就這麼靈靈巧巧又穩穩重重地穿越林子，走在碎石纍纍的泥路上，全是憨厚的模樣。可是不知怎麼地，老樵夫對我而言卻總有一股不可言喻的親切，這感覺至今依然如此。

我一直覺得樵夫是最高境界的隱居型態，生命是這麼清淨無求，除了每天的一擔柴外，似乎便無其它的慾望了。然而他們的生命竟又那麼地充實，當他們走過彎彎小路時，通常都會哼上一兩支小曲，將它唱入雲霄；或是跨過小溪潺潺時，也會吟唱一兩首悠揚的詩句，將它傳入藍天。肩上的柴枝對樵夫而言，一些也不是負擔；而清貧的生活對樵夫來說，更是一點也構不成難礙。這種生命型態不禁讓我懷疑：樵夫是否即為仁者的化身呢？因為唯有仁者，才能對山靈產生這麼貼切無染的懷抱啊！

因此，「漁樵耕讀」自古以來便幾乎是隱居者的代名詞，而樵夫比起其它三者，卻都要來得更為放達、清靜。樵夫幾乎是將整個生命託付給了青山，然而他們對青山的要求，竟只不過是數莖枯乾的柴枝罷了！

大武山上，昔日多的是這種樵夫。我隨父母親上山撿柴的那些年，便經常遇見。每回遇見的時候，他們都早已砍好柴薪，捆成兩紮穿在扁擔的兩頭，挑在肩上，前搖後晃地踏在青山的黃泥路裡。這時候，我總不忘要求他們放下柴擔，給我說一個山裡的故事，而這些和藹的樵夫，每次都會答應我的。經常地，一老一少，彼此並不認識，但就在山裡傳述著一個個古老的故事，有時還直到天空中的白雲漸漸變得有些暈黃時，才能結束這段談天呢！這時樵夫便挺了挺身子，擔著他的柴薪，再穿越暮靄的林子，走向一個遠方正燃起煙火的人家。而我們兄妹則又回到那片草原，等候父母親收工了。

這時候，天色已漸黃昏，西天的雲霞微泛著紅光，而十姊妹也都急著歸巢了。當然，父母親的腳踏車後座，也早已捆好了滿高的柴枝，疊起來足足有半個人高呢！這是一天的成果，約莫有十來車左右，一時之間當然沒辦法全部運回，因此必須分趟搬運。這時候，父母親總是牽著車把在頭前引路，而我們小孩子則在後頭扶著柴薪，莫讓它傾斜。夜色中，父母子女便這麼一路地談笑到家。約莫兩三趟來回後，十幾車的乾柴薪便整齊地堆置在後院裡了。

搬運柴薪的途中，我總會想起白天裡遇到的樵夫，想起他們曠達的歌聲，因而不知不覺中也會學著哼唱一兩句，感覺極是舒暢。當父親聽到我的歌聲後，也經常就忘了一天的勞累而跟著哼唱起來，隨後母親和弟妹們也都跟著哼唱起來，於是，一家五口便在暮色的大武山中，用歌聲點開逐漸的沈靜。

此幕情景我一直難以忘懷，只是後來時代進步，煮飯燒水不必再到山上撿柴枝了，而有了一種叫「瓦斯」的產品代替著。雖然我們並不排斥瓦斯，而且當家裡買來瓦斯爐的那天，全家也都是興奮非常的，只是那時竟然不曾察覺：山中的樵歌可能即將成為絕響了。

果然地，自此以後我們便很少再到山上撿柴、吃冷掉了的荷包蛋便當、捉永遠也捉不到的十姊妹了。同樣地，我也不曾再遇見那位親切的老樵夫、再聽那段悠遠的山中傳奇。

如今年歲更大，似乎不可能再體驗那段辛苦的歲月時光。撿柴的日子、樵夫的故事，對我而言變成只是存在心靈中的生命，想來依稀有些感傷。然而，或許我不應計較時代進步逼走的生命回憶，而要將這份山中輕唱樵歌的心情，恆常地永佇心中吧！

只是，我仍不免在每年的初秋時分，再回到大武山看看漫山的蘆花，聽聽滿谷的鳥鳴，甚至，尋覓那個老樵夫的蹤影……

姑婆妯娌

每當我走過一個村莊，注意的經常不是日漸高聳的建築物，也不是與日俱增的各項設施，而總在尋找一處僻靜的院落。那個院落裡，經常會傳來姑婆妯娌的閒言閒語。這串長語，初聽時似乎吵雜紛亂，細聽後才發現其實安靜寧祥，像是鎖住了淡淡的鄉情，又恰似定住了悠遠的時空。每當這些聲音傳入我的耳中時，我便覺得那個村莊有了生命，動了開來。

村莊裡，一群姑婆妯娌，這天家裡的雜事都忙完了，電視框裡也找不出節目可看，索性，搬張板凳，拿把蒲扇，套一雙拖鞋，在燥熱的午后，選一處人家的庭院，或是大廟門前廣場，坐上整個下午，仔細地談談我家的貓兒，認真地說說你家的狗兒，大概都是些輕鬆的話語，隔天便要忘了的閒話。於是這一聊便是半天，夕陽下山了，人人都忘記回家收拾曬在屋頂的蘿蔔乾。

這群姑婆妯娌，最簡單的組合可以只有兩個人，且不一定年紀等同，有時甚至可以是個白髮蒼蒼的老婦配上一個黃毛青青的丫頭。總之，她們的話夠閒，她們的心夠靜，彷彿一個字吐出來，便馬上將這院落拉到時空的幽深隧道中。那些閒話，你不必用心聽，卻馬上可以分辨她們早晨起床各吃了幾碗稀飯？洗了幾件衣服？醃浸了幾缸醬菜？掃落了幾片黃葉？最後，當瑣事都一一點清楚了，於是開始將東村的祕密搬出來共享，或將西村的趣聞抖出來笑笑，共樂一番。

好舒暢，全村的祕密一下午便全部公開了。新鮮的是，那些祕密不論程度大小、嚴重與否，在阿婆口中說來，便宛如點數家珍，並且臉部表情一致，沒有誇張的肌肉收縮，甚至講到激昂處也是紋風不動，好像別人家的祕密原本就該發生一般。阿婆通常只是將手中蒲扇拍打幾下膝蓋，趕趕一兩隻黏人的小蒼蠅。

不過，年紀較輕，四十來歲的妯娌便不一樣了。平淡的事物在她們講來，可以生花燦爛；簡單的故事在她們口中，可有轟天的情節，因此每每引來人人雙眼直瞪著，而說到激昂的段落時，更是惹得四處的嘴巴都合不攏來，紛紛指指點點。

唯有小丫頭最安靜了，但也最不耐煩。其實她們原本不想加入這場閒話家常的，但放學後才兩三點，寫寫功課，抱抱小狗，時間只去掉半小時，接下來便不知做啥了？於是，跟著祖母來到庭前，和阿婆們湊在一塊，也聽聽別家祖母的口才。不過，小丫頭通常坐不到半晌便嘟起了小嘴，因為她發現：怎麼自己的祖母這麼嘮叨啊？

怎麼這些無聊話也拿來講好幾十分鐘？而且才剛講過的話，沒幾分鐘又搬出來重覆一番，卻半點也未曾察覺。但小丫頭腦筋可清楚呢！於是開始嫌了，並且兩隻眼睛直瞪著自己的祖母，示意別再說了。但祖母似乎沒曾留意孫女的眼神，仍舊滔滔不絕。丫頭有些害羞，只得將眼光移到別家阿婆身上，但卻驚訝地發現：怎麼她們全好像很有興味似的？有些猛點頭，有些依稀附和，有些則神情專注，但就沒一個嫌囉嗦的。

有時候，小丫頭旁邊若也來了個小女伴時，那丫頭就要覺得沒面子了，心下直想：我家祖母嘴舌真長，比不上你家祖母好。然而，當輪到另個女孩的祖母發言時，卻又喜悅地發現，她家祖母才真正最多話呢！

一個下午時光，便在嘴巴嘟嘟噥噥、眼神擠來瞪去之中，悄悄走進黃昏。這一幕情景，對我來說再也親切不過了。

我自己就有這樣的婆婆，祖母和外婆都是，但我卻極愛她們。當我還是個小男生時，總愛跟著她們到廟門廣場聊天遊玩。聊沒多久後，我總是裝出一副不耐煩貌，有時搔搔外婆的背膀，有時在阿婆之間擠來鑽去，總希望能打斷那些平淡囉嗦的話語，喚起她們注意。

這招通常有效，等話匣子告個段落時，外婆便會從矮凳站起，解開褲頭，當著許多人面前，在褲腰裡猛掏著錢，最後好不容易拿了張五元紙幣塞在我的手裡，叫我買糖吃去。還特別仔細叮嚀：找剩的三元，一定得還她……

於是我揚長笑聲而去，蹲在攤販前的木椅上，滿足了一個下午。

我想我的童年，就在那些姑婆妯娌的閒言閒語之中，就在那片廟門前的廣場上，開始觸摸世界的第一步。很幸運地，我生長在鄉村，每天都躲不開這些親切。

稍長後我便發現，只消每天這裡聽一聽，那裡聞一聞，時日下來，不知不覺中便可組合一個活生生的鄉野圖畫。在這幅圖畫中，童年的我開始認識每戶人家的特色，那裡有個會說故事的老翁？那裡有個會做細花的村姑？也開始知道這片土地的意義：那年曾經久旱不雨？那年曾經稻穀豐收？更開始探索鄉村裡可感可思的人物：那戶人家的兒子苦讀考上了大學？那間農家辛勤工作研究，終於開發新品種的蓮霧……太多太多說不完。最後，便組織了一個完整的生命世界。

因此，我說這些姑婆妯娌的閒話，會使一個地方生命活躍、動了開來。很難想像，生活中要是沒有這群村婦，日子將會何等乏味？有時候我經過繁華都市，看到家家戶戶總是窗門緊閉，玻璃窗中隱隱約約幾個貴婦人，塗抹濃妝，穿戴金銀，在那裡打牌或磕瓜子喝咖啡時，我便有些難過。再想到她們的頭頂是燦黃的吊燈，身側是細緻的裝潢，而非一片青山綠野，四處紅瓦階庭時，更覺有些落寞。

　　雖然，那富貴人家的吊燈、裝潢乃至金銀等，可能是我家鄉那些村婦渴望獲得的，但村婦們的美，卻就在只是渴望罷了，而不必真實成為擁有。因為我發現：雖然村婦們的談話經常流露對富貴的欣羨，但最終仍只是談談而已，她們還是寧願守著一鐔老醬菜。

　　可以說，正是這種清淡無求的態度，才能見出農村的樸厚與壯大；也正因這種細碎雜瑣的言語，才能道出鄉野的豐富與溫馨。她們用一代又一代的平凡瑣碎，延續點亮了幾千年的無爭無染。

　　自從我長大離鄉後，這情景一直在我夢裡迴旋。只是，小ㄚ頭可能長大成人了，不再跟著祖母嗔瞪著雙眼，而喜歡到冰果室裡，吹著冷氣，和知心好友嬉笑一團。而原本的中年婦女如今恐也白髮蒼蒼，她們應該仍舊聚在庭前，細數著各家各戶的委屈與祕密吧！至於那些阿婆們，則可能都已葬在黃土深處了！生命，便是這麼循環著。

　　幾年前，我回到家鄉，便急著去廟門前尋找這群姑婆妯娌，其中一個當然是我的外婆，她還是一樣的白髮、一樣的親切。看到我來，馬上拉著我在她身側坐下，有些得意地向其他阿婆們訴說我的成就。而後，當我的眼睛開始溫暖時，外婆仍不忘我愛吃的糖兒，又從矮凳站起，解開褲頭，當著許多人面前，在褲腰裡猛掏著錢，最後好不容易拿了個十元銅板塞在我手裡。叫我買糖吃。

我緊緊握著親切的十元，不知如何是好？於是找到那熟悉的攤販前，買了一串棉花糖，並且還找了三元。當然，我不會忘記要還外婆的，但當我遞過這三元時，外婆卻推握著我的手，笑笑說：「這三元給你當零用錢。」

我險些便哭了出來。此時我身邊恐怕都不只數千元呢！而一世清貧的外婆，竟還不忘給我零用錢。至此，我感覺那三元硬幣竟如此沈重，卻又如此溫暖，如此令人感受磅礴的老人情懷。再抬頭望望那些阿婆，每個人都笑笑地看著我，似乎示意要我接下三元硬幣。而當我接下硬幣放進口袋時，她們又繼續了話題，那個話題似乎是一個關於東村曬穀場改建成公寓的經過。

這一幕我一直念念不忘，只是後來外婆也去世了。此後，我每到一個村莊，總是不忘再尋覓這群老婦，總盼望她們能一直閒聊下去，永世不竭；有時，更痴望能在老婦群中探得外婆的蹤影，掏錢給我買零嘴吃！

只是，閒聊的老婦人似乎越來越少了。因而，我的童年回憶也變得越來越遙遠。

紅瓦厝

我的人生旅程中有件值得慶幸的事，便是住過二、三十年的紅瓦厝。

家在屏東大武山下，那段刻苦的歲月裡，全村都是茅草屋子，牆是糞土糊成的，用幾根竹竿撐住牆身，低低矮矮地頂著上方的乾枯蔗草。因此，住紅瓦厝是全村共同的夢。

後來臺灣經濟漸漸穩定起色，許多人家都開始將茅草屋推倒，改建成紅瓦厝。我的童年，剛好看到糞土牆打落地面，激起一陣風沙，其後一輛機器三輪車便運來滿車的紅磚瓦。父親告訴我，再過一個月，我們就有紅瓦厝可以住了。

當紅磚瓦運來時，左鄰右舍便忙起來了。有些幫忙著排疊磚塊，堆成人高的磚堆，並找到水龍頭，接起橡膠皮管，愉悅地澆淋著水，說那樣磚頭才會更密實；有些則忙著點數紅瓦的數量，他們都在猜：這塊平地將要建造多大片的屋頂哪！

但這些功夫我是不懂的，我只是喜歡學著大人，一一地將每塊磚瓦實在地摸過一遍，幻想以後這些磚瓦竟將變成一棟房子——那棟作夢也會微笑的紅瓦厝。

那時候，整天便忙著看蓋房子的叔伯們，端端正正地築起四面牆。築牆時，牆身還會預留幾個洞孔，大人們稱它為「窗仔門」，說是要給我看世界的。於是我懵懵懂懂地望著，滿臉遐思。隨後，叔伯們拿起鉛垂測量著水平，而後在牆身上方鋪架一根根的木條，大人們又說，那是準備放瓦了。有了瓦，以後睡覺便不會再淋雨了。

放瓦時，叔伯們都是謹慎異常的，因為紅瓦易碎，不像磚塊可以任意拋甩，必須請個小工妥貼地捧著，翼翼地爬上木梯，再小心地交給放瓦的師父。而放瓦師父更是規矩注意，每放一片瓦，兩個眼睛都注入了關切，總怕放歪了，怕放斜了，怕讓瓦間產生裂縫，將來滲入雨水，會對不起居住的人家。鄉下人做事便這麼用心，一個屋頂，整整耗去三個師父三天的時光。這片屋頂，當然要擋住一切風雨。

沒多久，我們便搬進了紅瓦厝，安安穩穩地住了三十年。這些年，瓦厝曾經過賽洛瑪颱風的強烈吹掃，曾經過六四水災的任意肆打，但紅瓦始終緊緊護守著我家，風雨不動安如山。

瓦厝蓋好後，我經常喜歡爬到屋頂，坐在紅瓦邊的屋脊上，看山，看雲，看許多不知名的鳥兒漫飛過大武山。

經常地，國小放學後沒事可做，傍晚三四點，龍泉村的天空正好吹著徐徐涼風，拂得滿身都是暢快。這時我總愛搬來木梯，跨在牆身，沿著爬上屋頂，走在紅瓦屋脊上，輕輕躡地巡繞一圈，然後選個靠大武山的方向，坐著沈思，或是躺著作夢。這一坐一躺，便是一兩個小時。

躺在紅瓦厝上不會閒著的，可做的事多著哪！想讀書時，可以帶本《西遊記》上來，看一兩回孫悟空的機靈神通，洗一洗老師課堂上那些教條說理；想零嘴時，可以剖開積了一個多星期的豬公，跑到街角那家雜貨店，買兩三顆奶油球，含它一個下午。甚至，連街角都不必去的，因為只消順著屋脊走到紅瓦的那端，便可順手摘到成熟的龍眼了。

那是隔壁大姑婆種的龍眼，還住茅草屋時便種了的，果肉極其香甜。記得當初要蓋紅瓦厝時，還有人嫌龍眼樹麻煩阻礙，提議砍掉呢！後來畢竟老人家發了智慧，保了下來。如今，龍眼樹長得比紅瓦厝還高，粗壯的樹枝一直延伸過來，甚至還會蓋住西側的一小片紅瓦。每當我看山看得有些疲倦時，便會再踮著腳跟，走到西側的龍眼枝旁，順手摘幾顆果實吃，吐出的子兒，則隨意丟在屋後那片雜亂的泥堆裡。當子兒掉落地上，激出「嘟」的一聲時，我便覺得這天地瞬間開闊清朗了許多。

於是，就這麼一躺一晃，時光不知覺地過了十幾年，而我依然如故，每愛在星期假日到紅瓦厝上看看山雲，聽聽鳥鳴，但卻忘了我的身體已然長成，有一天，竟然一個不小心，踩壞了東沿的兩片紅瓦。後來，每逢大雨滂沱，屋內便會滴落串串的水珠。

幸好水珠滴落的位置是在廚房一角，不至於構成生活起居麻煩。反倒地，因為滴雨，使得平日單調的生活起了些趣味的變化。每次有雨，家人便忙著找水桶，緊緊地盯著滴雨的地方，穩穩一擺，聽雨點「噹」地一聲脆落，心情卻有說不出的開懷。父母、弟妹與我，一家五口便圍望著那五六秒才滴落一滴的雨水，每人嘴角都泛起一絲笑意。

因為這樣的雨打最安靜了。每逢這樣的雨夜，全家便會藉著盛雨水，關了無聊的電視，跑到廚房，點上一盞小燈火，一邊聽著雨滴水桶的音響，一邊聽著父母述說著故事，倦了時，便又借著燈影，用雙手勾畫出一個個生動的手影。這一夜，因雨來而溫暖許多。

直到如今，我們仍不忍心填補那處瓦縫，仍任由滴滴答答。真的，似乎你將這些瓦縫填補起來後，好像也就會填抹所有的記憶，那多乏味。

然而，近數年來，龍泉村的許多人家，似乎都忙著填補這個裂縫呢！嫌它麻煩，阻礙了看連續劇的時間。甚至地，大部分人家還嫌紅瓦厝已經過時，乾脆剷平，改建水泥樓房了。

別說那裡，就拿我家附近來說，大約就只剩三四幢紅瓦厝了，其餘的都建成了兩三樓高的現代水泥屋，外表貼著鮮麗俗氣的磁磚，窗門套鎖著不銹鋼的鐵窗，地板打蠟，進門脫鞋，一切竟是那麼光華，再也沒人肯用紅瓦造屋了。

全村，幾乎都朝這方向走去。走到大武山上往下望龍泉村，竟看不見純樸，也尋不著溫暖，眼中只是一片人們所說的繁榮進步。然而，為何這片繁榮進步竟是如此礙眼、如此雜亂，如此沒有感動，如此沒有溫暖！那景象不由讓人質疑：這個村莊，已然失落了什麼？

失落的是一份感情吧！我想。現代的水泥樓房上，雖有寬平的陽臺，但我卻少見小孩爬上觀看大武山了。西遊記則變成城市獵人漫畫書，而小孩也不再跑到街角的雜貨店買奶油球了，那些糖，似乎再也勾動不了鄉野的童心，因而後來雜貨店便關門了。只剩龍眼樹還固執努力地長，它還想攀長到三樓的高度呢！然而，還沒長到二樓高時，大姑婆家一個氣盛的小伙子，一言不語地，拿斧鋸便砍了下來。說嫌果子太小，要吃龍眼，市場上有得買呢！

於是，我家的紅瓦厝便矮矮地坐落在水泥樓房群中，顯得有些侷促。而一些賺了錢的人家，走過我家時，還會諷刺地叫我們拆了過時的紅瓦厝呢！只是我總捨不得。站在庭前，只覺山嵐夕照有些迷亂。

沒了紅瓦厝，我就不大願意看左鄰右舍蓋房子了。那是一部部的水泥攪拌機，打好地基後便是猛猛地灌水泥，沒多久樓房便建成了。再也看不到村民們幫著疊磚塊，忙著猜瓦片的情景，一切的形成，都只在匆促機械中完成。樓成後，工頭領著大把的金錢，又去侵凌下一個即將搖敗的紅瓦厝。這裡，臺灣因進步繁榮產生的許多不協調，在每棟豪華的水泥樓房前坦裸無遺。

面對變樣的龍泉村，我不由地嘆了口氣。嘆那些沈迷於漫畫書、電動玩具的孩童，嘆那些蓋屋時沒事可做的叔伯妯娌，嘆那些雨季來臨時，沒有雨滴可接、沒有故事可說的人家。也嘆自己是否執迷不悟，為何獨自喜歡守著這瀕臨搖墜的紅瓦厝？

食薯者

大姑媽已經很久不曾送番薯給我家了。我想她家大概也不再種番薯了吧？在這個繁榮進步的工商社會，種番薯好似會讓人家笑話。

番薯似乎是給豬吃的。不過，在昔日的刻苦年代，其實番薯是給人吃的，甚至番薯葉都要拿來炒菜。印象中，每日早晨的稀飯裡總摻雜多量的番薯，母親說這樣可以減少白米的消耗，可以多出些閒錢，用來買一兩盒粉蠟筆，讓我們三兄妹塗鴨畫畫。因此，天天都要吃番薯，沒多久，我們三兄妹便對番薯產生厭惡感，如果能在早餐吃幾口豆漿饅頭，成了最大的想望。

偏偏大姑媽家種植好幾畝的番薯，每到收成，總不忘往我家送。而這一送就是一整布袋，連吃數月都吃不完，因此看到大姑媽又送來番薯時，我總認為那是世界末日一般。幸好姑媽不只送來番薯，更運來好幾布袋的番薯葉，她總喜歡在我家大庭前，將這些番薯葉絞成碎狀，用來餵豬，或是當雞鴨的飼料。假如我對番薯還有些好感的話，那麼就是這段絞番薯葉的時候了！

那時家家戶戶都有養幾頭肥豬當成副業，而在人工飼料還不普及的情況下，最主要的飼料來源便是平日剩下的餿水，奢侈些的，便是番薯葉了。因此，當大姑媽收成番薯葉，拿到我家大庭前絞碎時，我們多少有股得意的神情，覺得家裡的肥豬能有番薯葉吃，全家人心裡也為之高興。所以當番薯葉載來時，我三兄妹都會搶著做絞葉的工作，雖然我們的力氣不是很大，踩踏絞葉機器顯得費力，但卻是一臉愉快，而父母及姑媽們也在一旁看得喜悅。一家族，經常因為這件事而結合一處，成了最溫馨的畫面。

我們一家族，平日難得聚在一處。自從父親那代開始，因為年歲不好，叔伯姑媽紛紛往外發展，祖厝只剩父親與祖母相依為命。幸好，叔伯姑媽們都是草地人，「不忘本」是他們最大的特色，因此雖然都搬到外頭居住，卻不時想到回祖家看看。我印象深刻，大姑媽就幾乎三天兩頭回家，我每次看到她騎著笨重的腳踏車來到我家大庭時，車前的把手上一定吊掛著一包塑膠袋，裡頭總會放些吃喝的東西，然後幾句寒暄下，又騎著腳踏車離去。那時我見到大姑媽的背影，總覺得有股辛酸，也有幾分的感激。

這些叔伯姑媽們大概都覺得沒有為這個家盡到心力吧，因為父親排行第五，照傳統習俗不必獨自奉養祖父母，然而這個擔子終究落在父親身上，我想是因為父親的誠樸吧！所以祖父母選擇與父親同住。而其他的叔伯姑媽們，或因急於找好的工作，或是嫁與好的人家，不知覺間便遠離了這個家庭。因此，當他們一旦有成，生活環境良好之後，便就不忘最窮苦的父親了！於是三天兩頭拿來一些吃喝用品，成了他們對家族的幾許彌補。

父親的十個兄弟姐妹中，屬父親最窮困。因為個性的關係，父親從未想過大富的日子，所以他一直在離家很近的國小當工友，直到退休。於是叔伯姑媽們都顧不得父親的拒絕，一個個紛紛往我家送東西。他們覺得，全家族藉這個機會又能一起聚在祖家大庭前聊天，是再愉快不過的事情。

我如今回想，才發覺鄉下人的意念其實非常單純，往往只是飯飽茶足便夠了。因此，當大姑媽送來番薯葉，我們三兄妹搶著踩踏機器絞碎時，他們幾個大人便看得樂不可支，似乎人人都覺得時光若能停頓在此該有多好？把豬餵得飽飽的，剩下的番薯便拿來煮稀飯，全家圍在昏黃的廚房下共餐，該是多麼美滿的事啊！

我便極喜歡全家圍坐共餐的情景。家裡那張竹木桌其實已經很舊了，是祖父時代便流傳下來的，多擺幾道菜便有咿咿呀呀的聲響。但不知怎地？當我們捧起碗中的番薯時，其實心裡是愉悅的，似乎覺得這是大姑媽辛苦收穫的食物，吃起來應該珍惜些。我小時候唯一不討厭番薯的時刻，便是在這麼全家共聚的時光裡，我一直覺得，這裡面一定有些深刻的意味，應該及時把握珍惜。

然而，才剛剛反省呢，時光卻已迎頭追過我的想念，等我稍長大後，便很少有全族共聚的時刻了。因為叔伯姑媽們的孩子也都長成，他們在外的家，其實已形成另個穩固的堡壘，不太可能再像小時候一般，想到就回老家看看。我記得清楚，當初和我們三兄妹搶著踩踏番薯葉的堂、表兄妹們，忽地便在一個不留意的當下，個個長大成人，並有自己的事業。而如今，他們似乎也有些瞧不起這項絞碎番薯葉的趣味了。因此，童年的美滿變得只能回憶，我的家族畢竟無法再像昔日般的毫無隔閡！

這種情形，是有天大姑媽又送來東西時發現的。這時的大姑媽因為經營餐飲事業有成，所以不再種番薯了，那工作太苦且不符經濟效益。於是，連送來的東西也都是大魚大肉，塞得我家冰箱幾乎放不進去。但不知怎地，我對這些大魚大肉總是興趣缺缺，心下竟開始懷念起難以下嚥的番薯了！

但與其說是懷念番薯，不如說是懷念那個氣氛情懷！以前，大姑媽還會在我家坐上一會，和我父親聊些有的沒的，也會順便詢問我的課業。而前幾次，我發現父親與大姑媽的話題似乎變少了，他們經常在客廳裡對坐著，卻不知道要談些什麼？而我此時的學問已增，更是超出不識字的大姑媽不知凡幾？所以面對大姑媽時，我也有幾許尷尬，每逢大姑媽來時，我總是問個好後便躲入書房，因為我實在不知如何面對她才好？

這種情形在我堂、表兄妹身上也可以發現。我的這些堂、表兄妹，有的與黑道扯上關係，有些是純粹的勞工階級，相形之下，我讀書許多，但卻與他們變得有些隔膜，言談之中經常無法交集。雖說大家的感情依舊，但卻無法深入地交換平日生活所思所感了。

我如今總覺得這是件悲哀的事。親情人倫在今日社會中一一被斬絕，所以我有時懷疑，是否讀書許多是正確的？因為我的兄弟親人離我愈來愈遠啊！而其實，我們可以毫無拘束地在一起的，可以每日只為吃飽飯而工作一處的，那依然是很精彩的生命啊！

因此，我始終覺得我的書還未讀通。一個讀通書的人，應該同時可以和沒讀書的人談笑自若，但我顯然做不到，是該加以反省！而正因為這樣的原因，所以每年節慶時，當全家族有機會共聚一堂時，成為我往後生命中一個極大的想盼。幸好，最近我發現我的家族又漸漸地擁有向心力了！

這情景是前陣子掃墓時發現的。我發現以前曾經不和的家人，或是因為工作、讀書背景不同而隔異的兄弟，這時紛紛回到祖母的墳前，共持著一把父親點燃的清香，向祖父母做最深意的敬禱！這時，我發現大家又融匯在一塊了，又回到昔日大庭前踩踏絞碎番薯葉的情景了！我們都覺得不要再分彼此，金錢的多少、學問的高低，都是毫不值得計較的啊！唯一要關心的，是我們能珍惜這樣的時光多久呢？因為大家心裡明白，等掃完墓吃過飯後，又要各自回到本家，何時能再聚首，是一個未知數哩！

因此，掃墓的氣氛再愉悅不過，而我在當下時，也發覺我的一切學問都不見了，剩下的只是和親人的閒話家常，而認為那才是天地間最偉大的學問。記憶又回到童年，於是，我又開始思念番薯了。我再看到番薯時，經常便會想到我的表妹，她在小時候最喜歡與我作對，我們經常為了爭一件東西而大打出手，惹得父母姑叔們斥罵。然而，如今她再也不會與我爭奪任何東西了！因為前幾年接到妹妹一通長途電話，話中告訴我表妹已去世，而且死因不明。我聽到時有些難過，因為表妹自從國小畢業後，生活背景便離我愈來愈遠，我一直往讀書路線走去，而她則經常忙於金錢奔波。有一次我到她家，看到她雙手塗滿艷紅蔻丹，坐在牌桌前打麻將，我便知道她的生命和我已形同陌路。而如今，她彷如一陣輕煙似的離開人間，而我再也不敢多想了！

唯一要再思考的是，這些昔日一起與我共食番薯的親人，我應百般珍重，否則，像表妹這樣的例子，不知道在什麼時候還會再發生？而我近來覺得，雖然人人都會消亡，世事都會更替無常，但如果能在當下多出一分關懷，多挽留一分的情誼，那將是非常可喜的事。這些關懷與情誼，往往就在親人的共同匯聚中表露無遺，大家平平安安、嬉嬉鬧鬧地在一起食薯，變成一個家族最重要的事情。我想，「風調雨順、國泰民安」，大概就要從這個角度來看吧！

我不禁想到荷蘭畫家梵谷的一幅名作「食薯者」。記得我首次看到這幅作品時，心中著實莫大震撼，覺得其動人的力量，超越希臘羅馬的古典宗教繪畫甚多。起先我不清楚這股感動力量的來源，後來經過人事歲月的遷變轉換，以及回想童年的時光之下，才發現原來梵谷所描寫的「食薯者」，其實就是我們日已失去的溫情與感動啊！

梵谷在畫「食薯者」時，曾經加注幾句話，他說他的繪畫是要描寫那些不懂得繪畫為何物的人！我起初不懂此意，後來在讀書寫作的過程中，我才終於理解，原來我所要寫作的對象，其實也就是那些不懂得什麼叫做寫作的人。就如我的親人，他們只懂得如何從地底挖出番薯，再無求無悔地送到我家，沒有任何意圖，就只是一股鄉心的自然激發罷了！他們總覺得時代進步太快，且莫要讓這些情感也隨之消逝哩！

至此我也才能體會俄國文豪托爾斯泰到晚年時為何要專心描寫工農階級？因為他們是最可親的一群啊！正如我的大姑媽，如今她已老朽，有時看她騎著摩托車，都要擔心是不是懂得使用煞車？會不會撞到電線桿？她那搖搖欲墜的身影神情，看來令人好笑又擔心，然而，這種舉動匯聚而成，終究卻是鄉情最大的感動。

我盼望有天大姑媽會再送來一大袋番薯，再讓我全族家人，圍坐在昏黃的燈火下，共享著自己親手挖出的食物！

阿嬤的箱奩

父親的房間掛著一張阿嬤的遺照。每次我走進房間時，都會不自禁地注視著阿嬤的遺容，那麼祥和、樸素、安靜，正如每個傳統農家婦女的形象。

數十年前，每個屏東大武山下的老婦人，她們的形象面容都是一致的，當我看到阿嬤時，也就看到了整個臺灣鄉下的樸厚壯大。記憶的感覺中，阿嬤雖然去世已久，離我已遠，但她仍時刻地陪伴在我的身側，就是這種樸厚壯大的生命的結果。

我對阿嬤的記憶已非常模糊了，她在我讀國小時便已靜靜躺在床上死去，沒有太大的痛苦，也沒有過多的悲切。我對阿嬤的印象，大概只有偶爾幫她擦擦背罷了！此外，則是堆放在阿嬤床頭的那口箱奩了！

幫阿嬤擦背的記憶是不會遺忘的。因為阿嬤年紀已老，所以她很少好好洗一次澡，大部分的日子裡，都只是端來一桶臉盆水，洗洗腳、手、臉而已。加上阿嬤動作不再靈敏，所以無法自己洗到背部，而要由父母代勞。有時父母因為家務忙碌，就改由我替阿嬤擦背了！

我替阿嬤擦背時是很虔誠的，從不認為這是一件苦差事。我總是謹慎地端來臉盆水，慢慢地擱放在阿嬤的床頭下，乾乾淨淨地扭乾毛巾，爬上床頭，仔細地幫著阿嬤擦背。阿嬤那時都是穿著黑色的粗布衣服，當我把阿嬤的衣服緩緩捲起時，總會看到阿嬤的背上皮膚都已皺成一片，感覺很溫暖，也有一點辛酸。

我知道這是阿嬤一生付出換來的結果。在數十年前的農家社會，那個婦女不是為了家庭操勞，而犧牲了一己青春的容顏呢？印象中的傳統農家婦女，每個人都有數不盡的紋皺佈滿臉龐，只為換取一日溫飽；每個人也都穿著清一色的粗布衣裳，只為圖得全家幸福。因此，阿嬤背上的紋皺有多深，她對這個家的付出也就有多厚。

感覺上，阿嬤那一輩的婦女是從來沒有怨言的。她們嫁入夫家後，就開始了一生一世的忙碌與付出。例如阿嬤，我從來不知道她享過什麼福氣？只知道阿嬤為這個家生了十個兒女，然後一個個地拉拔長大。大部分的時光，阿嬤就是煮飯、洗衣、農忙，這麼單純的人生需求，佔據阿嬤所有的歲月時光。阿嬤的生命天空彷彿是狹小的，但我卻認為壯碩無比。

如今，有那個女孩人家甘願過著阿嬤那一輩女人的生活呢？現代人家的主見太強烈了，平平凡凡、安安靜靜地付出已成為臺灣土地不可奢求的美感了！

當我回想幫阿嬤擦背的日子，總是點滴溫暖在心頭流過。其實，阿嬤也曾是豆蔻的少女，她應該也有屬於青春的浪漫，只不過，這些都隨著嫁到我家而成為記憶的雲煙。

要打開這段記憶的雲煙，只有打開那兩只放在床頭邊的箱奩，它們是阿嬤的嫁粧，已經陪伴阿嬤一生一世了。

小時候，我經常喜歡跑到阿嬤的床上玩。阿嬤的床也不能算是真正的床，就只是在房間地板架高的一整片木板罷了！所以床頭會堆滿一些事物，只留下可以睡覺的地方。通常地，這些雜物都是很粗陋的民生用品。唯一例外的是那兩口箱奩，它們甚至還雕刻著好看的花鳥圖紋，讓人一時無法和我貧苦的家境聯想一處。

真的，小時候我家還是住著茅草屋，怎麼也想不到居然有這麼美麗的箱子？唯一的解釋，就是這兩口箱子是阿嬤娘家所有的祝福，阿嬤娘家也窮，但他們知道要嫁女兒了，無論如何不能太寒酸。於是他們不曉得從那裡湊來金錢？終於辦了這兩口箱奩，讓阿嬤帶過來，雖然不及有錢人家陪伴大片土地嫁粧，總算也是對阿嬤的交代了。

我沒事就喜歡翻開阿嬤的箱奩。阿嬤的箱奩是暗咖啡紅的顏色，很穩重結實的模樣，長大約兩尺半，寬大約一尺半，不大，但總讓人感覺裡面放著無限的寶物似的。那個年代的手工藝品，總是一釘一釘地做的非常牢靠，一點也不會敷衍。工藝師們清楚知道：箱奩是要伴隨一個女人家的一生的，怎麼可以隨便了事呢？

光看箱奩上的花鳥雕紋就知道了，它總讓人聯想到那些最謙虛的老師傅。雖然不是什麼曠世的藝術品，但在一筆一畫、一刀一痕之間，都可以讓人感受到老師傅的用心。一個小小的箱奩，必然花去許多的心血才得完成，最後才隨著阿嬤陪嫁出門，進到我家灰暗的床頭前。箱奩是那麼美麗典雅，卻又那麼甘於平淡地靜靜躺著，這不就是傳統農村婦女的形象嗎？

箱奩裡，是一大堆整齊疊好的衣服，有的是黑布衫，就像阿嬤平常所穿的那種，但也有好幾件是帶花的，有些顏色甚至紅亮逼人，我知道那是阿嬤青春的歲月，只是如今年華已逝，所以都被一一靜靜放在箱奩裡了。

我打開阿嬤的箱奩只有好奇與新鮮，但阿嬤的心情一定摻雜許多回憶吧！想到年少的青春與昔日的美夢，如今都已成雲煙了！然而，阿嬤好像沒有太多的表情似的，她每次看到我翻開箱奩時，總只是淡淡一笑。小時候我不理解阿嬤的笑，今天長大了，才知道阿嬤淡淡一笑，其實已說出了這片鄉野中最令人動容的感情。

這種感情，如此壯實、如此甜淨、如此無怨無悔！自從阿嬤去世後，我就再也不曾看到這種淡淡的笑了。

當然，箱奩裡還有一、兩件黃金飾品的。不過，因為家貧，所以也打不起手鐲、項鍊，而就是一、兩枚手戒指罷了！在那個年代裡，我的鄉人們認為黃金是真正值錢的事物，打一兩錢的黃金帶在身旁，感覺也比較有安全感。再大的貧苦，也不能輕易的變賣它們。阿嬤的箱奩裡，就有一、兩枚小小的手戒指。

手戒指是純黃金的，顏色暗沈，一看就知道年代已遠。並且也沒有什麼繁縟的式樣，就是一個金屬圈罷了！然而，我總覺得沒有任何事物可以比擬它的美感。小時候，當我拿起戒指捧在手中時，心中總會產生莫大的虔敬，彷如眼前是天下至寶一般地神聖。我知道有了這枚小戒指，我的家不會窮，總有一天，它會像戒指一般地閃亮發光。

幾件衣裳、幾件女人飾物，構成了阿嬤箱奩的全部，也構成了阿嬤的一生全部。如今，當我再想到阿嬤的箱奩時，心中的情懷是感傷中帶著溫暖的。感傷的是，阿嬤這一生從沒過過好日子，她沒有趕上臺灣的經濟奇蹟，就靜靜地在一個午後躺在床上死去了！

溫暖的是，或許阿嬤也從不奢求好日子吧！她也不曾想過經濟奇蹟吧！在阿嬤的心靈裡，一家平安有飯吃，就是最大的幸福了！而這點，在阿嬤的晚年已經享受到了！我家那時已不愁吃穿，因此對阿嬤來說，其實她已經得到生命中最大的愉悅了！比起阿公的早逝，阿嬤算是壽終正寢，有著無限的福報。

阿嬤去世也已二十年了，她住的房間已重新修整成現代的臥房，也買了新的彈簧床，這些都是阿嬤在世時想像不到的；而阿嬤的那兩口箱奩，也因阿嬤的逝去而開始蟲蛀敗腐。起先父親還執意要保留下來，他說這是古董，也是阿嬤唯一的紀念，應該留下來的。只不過，兩口箱奩好像懂得人性似的，它們知道任務已經完成，是該離開人間了。

後來父親就真的將箱奩丟棄了！不過，父親在丟棄箱奩時，心裡一定也是虔敬的，因為感情早已留駐全家人的心中了啊！

如今我每次到阿嬤的墳前上香時，望著滿天飄過的白雲，以及山頭紛飛的芒草花，總會想到阿嬤的箱奩，以及那個清雅平淡的年代，她是多麼讓人懷念啊！或許，當我的女兒出嫁時，我也應該替她準備這樣的箱奩。只不過，那麼古典的型式雕花，如今大概很難找到了！

狂歌醉酒五十年

我的親人大都是誠樸、憨厚的。唯一例外的是小叔，他那豪放瀟灑、風流坦率的個性，在大武山下的龍泉村簡直可以傾倒眾生。

小叔長得英俊帥氣，但絕不同於油滑白晰那種類型，而是粗黝地、雄肆地，屬於農戶人家自然散發的挺拔美感。他愛喝酒，興起便狂歌一場，如今很少再看到這麼瀟灑豪邁的真性男兒了。我總覺得，只有大武山下的孕育才可能產生這樣的奇偉男子。

不過小叔的命運卻極坎坷。因為我家貧窮，阿嬤生下小叔後，再也無力撫養眾多待哺的子女，於是將小叔送給隔村的人家。從此後，小叔就改姓陳，一生再也不曾使用何姓了。這種情況，在昔日的大武山下極為普遍，原先小叔也不覺得有何辛酸？但長大後，我卻經常看到小叔悲淒的面龐！

這種悲淒的面龐，和小叔原本英俊挺拔的容顏是不搭配的。小叔的英俊，應該是迷倒眾人的神采的，應該是在農忙結束後，和一群純樸農家女調情歡笑的。然而，卻因命運的安排，我知道小叔長大後經常悶悶不樂。原因在於，小叔畢竟姓陳而非姓何。

我的家人都勸小叔別這麼想，雖然當初因為家貧而寄送他人撫養，但流動的血液是不會改變的，我們始終將小叔看成無可替代的自家人。只是小叔總是想得太多，雖然表面上強顏歡笑，但經常地，一杯酒入喉後，淚就來了！

小叔喜歡喝酒，而且每喝必醉。我不清楚小叔喝酒的動機，是為了生活鬱悶？還是純粹喜歡杯中物的刺激？還是因為被寄送他人撫養，所以日日借酒澆愁？總之，小叔經常是紅透雙頰的，有時遇到心情愉快，或是悲傷苦悶時，他都會到我家喝酒。小叔覺得，能和我父親喝酒，兄弟談談多年的往事，說說近日村裡的事情，是再愉快不過的事了！

父親並不喝酒，但我家經常會置放一些烈酒，如高粱、大麴、茅臺等，就是為小叔準備的。小叔經常會在農忙結束時遶到我家，坐一片刻，淺嚐半瓶。有時，小叔是默默不語的喝著，有時，半瓶下肚後，小叔便開始酒言醉語。父親則總是靜靜在一旁坐著，傾聽這個從小命運坎坷的弟弟傾訴著近日的辛酸！

有時候，小叔想到往事，眼淚就要來了。只是小叔的性格原本是豪放瀟灑的，因此也就掩抑了淚水的迸發。然而，不論是父親，或是我這個晚輩，乃至是村裡每個鄉人，都知道小叔在掩抑心情，他其實有無限的悲痛。但這不能明言，否則會刺傷很多的人，小叔、我家、撫養小叔的人家，人人都不願看到心情的悲痛。

不過，卻在一天裡，這個悲痛的傷口終於迸發了！那天，小叔照例到我家喝酒，而恰好大伯也來了，一家三兄弟，圍著祖先神桌下的小方桌便大喝起來。原本大伯也是不喝酒的，但那日卻拗不過小叔的邀請，終於喝了一兩杯。然而大伯不勝酒力，一杯下肚後，開始語無倫次了。後來大伯的話愈講愈真誠，但愈真誠，同時也傷害小叔愈深。

大伯說：「我們何家真是命苦！尤其是明章，他已經姓陳了，不再是姓何了！」說完，大伯的眼眶中彷彿閃動著淚水。

小叔更是激動，我看到他豪邁的身影，終於滴下悲傷的眼淚。這個原本應是最受疼愛的么子，如今卻無法認祖歸宗，莫怪小叔要落淚了！雖然大伯無心講這句話，但已深深刺痛小叔的心。其實，父親的兄妹裡，每人都覺得小叔長得最帥，似乎我家所有的優點都集中到小叔身上，因此有什麼好的、吃的、用的，父親和姑伯們第一個想到的也都是小叔，他們從不認為小叔送給人家撫養，就對他隔離疏遠。相反地，因為小叔送給人家，他們兄弟姐妹的感情卻更加地深厚了！

只是，命運難以改易，家族的聚會經常缺少小叔出席。除非是掃墓祭祖，或是親友婚喪，才會發現小叔的身影。也因此，我們都很珍惜家族重大的聚會，彷彿在這個時刻，我們又發現了這個家的真正可貴！

我印象很深刻，每次家族聚會，我最期待的就是小叔的出現，因為當小叔出現時，便表示全家族都到齊了！並且因為小叔的豪爽個性，有他在，總會陪伴許多歡笑，這個家族不會冷清，將會充滿無限希望。所以人人都期盼小叔的出現。

但小叔卻經常只如曇花一現罷了！他總是匆匆而來，匆匆而去。而我們也很清楚，因為小叔也有另一個「家」要聚會，也有另一個「墓」要祭掃啊！對於小叔的到來，我們終究只能期待罷了！

幸好地，小叔從來不曾令我們失望，他每次都會出現，雖然只是短暫片刻，但已足以讓全家人融匯一處！每次聚會掃墓時，我們的眼光總是急忙地望著門外，心裡則紛紛猜想小叔究竟什麼時候會來？而如果有一人眼力較快，大叫一聲：「明章夫婦來了」時，我們全家便都笑得開懷極了！

我很喜歡這樣的氣氛，覺得這是鄉村百姓最令人嚮往的事物之一。其實，我的鄉人們要求不多，沒有人想過小叔是否賺了大錢？只知道看到小叔平安快樂，便心滿意足了！擴大來說，我的家族也從不曾奢望富豪顯赫，只盼能多求一日的歡笑，便已是人生最大的渴望。

因此，有小叔的聚會裡，酒是少不了的。大家總是盡情地喝，借著酒精的麻醉力，彷彿會讓人忘記許多不悅！看到小叔喝酒的神情，是我第一次對酒產生好感。小叔喝酒極美，他有時是淺嚐，輕輕地在嘴唇飄過酒香的神情，讓人覺得喝酒有著溫柔的美感；他有時又是大杯落肚，只見喉嚨咕嚕一聲，乾淨下腹，又讓人覺得喝酒有著豪放的情致。而最美的，是小叔酒後的歌聲，那是我聽過最好聽的聲音之一。

小叔的歌喉極佳，中氣也足，是唱歌的好材料。他喜歡唱一些早期的閩南歌謠，覺得旋律優美，歌詞意味感人，最能表現臺灣百姓的心聲。因此，每逢婚嫁的場合，我們總不忘要求小叔唱一、兩首歌助興。而小叔極乾脆，他總是敞開歌喉，讓歌聲傳遍整個龍泉村。只要小叔的歌喉一啟，會場的氣氛便會到達最高潮。

小叔就這麼狂歌醉酒五十年。但不知怎麼地？我總覺得這種狂歌，背後有著歡笑的辛酸；這種醉酒，背後也有著豪爽的無奈。正如中國古代的一些不得意名士一般，他們的醉酒狂歌，其實是生命悲痛無奈的消極反應。

當然，小叔不像中國名士，他沒讀過什麼書，送給人家撫養就一直在山林耕種了，只是典型的鄉下農稼。然而，小叔的性格卻終究發展成現今的模樣，比起一些寒酸的文士，我覺得小叔美太多了！他是這塊大地真正漂亮的人物之一！

不過，狂歌醉酒五十年後，小叔畢竟也老了。前些時候，我看到他原本烏黑濃茂的頭髮，竟也變成一片皤白；而原本俊挺的面龐，也因風霜的吹襲而染上紋皺。唯一不變的，是脖子還留有血紅的顏色，那是常年喝酒後積留的膚色！然而，小叔畢竟還是老了！

前些日子，還聽說小叔去開了刀，因為腿骨長了些壞東西，不良於行，所以換了新的人造骨關節，現在已能夠正常行走了。雖然工作不便，但到我家喝酒還是不成問題的！

小叔真的也就在開刀幾天後，又來我家喝酒了！大伯和父親都勸小叔別喝，對開完刀的身體不好的。但小叔仍是一貫豪爽笑語，終於逼得父親拿出高粱烈酒，沒有小菜佐助的情況下，一喝又是半瓶。讓人在一旁看了，不只是擔心，也有更多的辛酸無奈！

幸好，小叔現在懂得節制了！畢竟人已老，不能逞強啊！而我發現，人老是很美的事，因為小叔逐漸忘掉送給人家撫養的無奈了！他現在經常到我家，依然狂歌醉酒，但卻是真正的美感展現了！小叔終究還是何家的人！親情是恆久不易的啊！

做山

大武山的鳳梨農場全國有名，出產的鳳梨肉肥汁甜。但很少人知道，每一顆累累鳳梨的出產，是多少刻苦農婦用血汗換成的？

我最小的嬸嬸便是這群廣大刻苦農婦中的一個，她這一生，不知道什麼叫享福，她也沒讀過什麼書，唯一的，便是沒日沒夜的做山，用著已生滿粗繭的雙手，一分一分地拉拔鳳梨果實的長成。

每次想到嬸嬸上山做工的情景，我都會生起敬畏的心靈。這片鳳梨農場廣大無垠，滿山的黃土、高照的烈陽，頃刻便會讓人汗流浹背。那麼，更別提一天到晚在艷陽下工作了，那已不是現代的年輕人所堪忍受的事。

但嬸嬸和大多數刻苦的農婦一般，她們從不知道什麼叫艱苦，彷彿命中註定就屬於這片山巒。尤其嬸嬸，她唯一擔心的是沒有工作可做，生活便會成問題。

鳳梨農場的工作是不固定的，除了整地、栽種、收成外，大部份的時間都是農閒的。因此，像嬸嬸這樣的臨時工，便要另找零工做，例如幫人除草、搬運農具、替蕉農放電土等等。嬸嬸的工作總是隨著農作收成的季節而更易，她不知道什麼叫穩定，更別提勞保、福利、加薪這些遙不可及的名詞了！

令人敬佩的是，嬸嬸從不叫苦。她每次到我家時，總是津津樂道最近又找到什麼臨時工了！每天可以領幾百元，比上個月還多出好幾十元！然後便和家人一起喝酒聊天，我想這是嬸嬸最愉悅的時光吧！

或許是因為嫁給酒量奇佳的小叔的緣故，嬸嬸喝起酒來，也是千杯不醉。但她通常喝一杯就臉紅了，暈紅的容顏映照在純樸的外貌上，益發顯出農家女的美麗動人。嬸嬸與小叔，真是天造地設的一對。

嬸嬸的酒量甚至比小叔還好，往往小叔已露出醉意時，嬸嬸依然還是露著純樸憨實的笑。不過嬸嬸比較拘謹，總不太好意思喝太多，怕浪費我家的酒。最後，則總是在眾人的勸飲之下，又羞赧地大乾一杯。入喉沒有任何扭揑作態，完全是山下農婦的豪壯。

喝完酒，明日又忙著上山做實，這便是嬸嬸一生的命了！

有人說女人是油麻菜籽命，看到嬸嬸，馬上讓人相信這句話。她一生飄來飄去，總沒有固定的工作，尤其碰到最近鳳梨農場不景氣，嬸嬸的工作機會更加渺小了！

鳳梨農場的栽種，採收季節其實不長。況且，因為面積太大，加上鳳梨是很野生的水果，不必有太多照顧呵護，所以工人的需求量自然降低；再加上外國水果的輸入競爭，國人吃水果觀念的改變，使得這片二十年前甲霸臺灣水果市場的大武山，一時出現荒廢的景象，令人不忍卒睹。

記得小時候到山上農場遊玩時，盡是看到許多農婦在辛勤工作著，縱使是烈日高照，她們也包裹著全身布巾，戴著斗笠，手腳不停地耕犁採收。那種情景，讓人覺得這塊大地極有生機，這群農婦極美麗動人。

那時嬸嬸還是少婦，剛過豆蔻年齡，她一定對人生充滿希望，想到每天都可上山工作，是最有意義的事。進而想到她的家庭就將穩定小康，那麼，手上的粗繭也早就忘得一乾二淨了！

別說嬸嬸，連我這個不曾在鳳梨農場做工的小孩，都可以感覺山裡的向榮氣息。那時到山上遊玩，總喜歡到鳳梨農場的辦公大樓前嬉戲。那是一棟豪華的水泥建築，在村裡人家都還住茅草屋的階段，這棟大樓無疑是神話。尤其大樓前的花園竟還鋪著柔軟的韓國草，真是令人歎為觀止。我經常躺在那片韓國草上，望著辦公大樓上的一顆人造大鳳梨發呆。這顆大鳳梨足有兩、三公尺高，它是村裡希望的象徵！

然而，如今再到鳳梨農場，景觀卻迴異當日了，大樓還在，只不過殘敗破落了。韓國草也依然生長，但草色枯黃，不復昔日勃勃生機；而那顆人造大鳳梨呢？更是鏽蝕斑斑，我總覺得好像縮小了些，沒有小時所見那麼壯碩偉大！

農場裡更是蕭條，工人出奇地冷清，不知道是機械化方便了？還是工人真的縮減了？大片農場，只看到幾個中年漢子，叼著煙，冷冷落落地巡著田草。陽光呢？則依然熾烈，我的汗馬上又滴下來了。

至於那群頭臉包著布巾的純樸農婦，則已少掉大半了！只是她們依然辛勤地工作著。有一次，我看到她們在樹下休息，解下頭巾準備用餐時，心情著實地震撼不已。因為她們的容顏竟然如此蒼老，紋縐滿佈，那是我小時候所見的純情少女呢？

此時才知道臺灣在變，表面上工商發達，其實卻是農業的落沒，青年男女都不願一輩子守住一塊黃土，辛勤默默地付出了，他們寧可選擇坐辦公室，吹著冷氣享福。情願在烈陽下曬得頭臉發暈、汗流浹背的人，只剩山上這群憨痴的農婦了！

但即使如此，嬸嬸有時連流汗的機會都沒有了！最近她經常到我家喝酒，我們開玩笑地問她怎麼這麼清閒？是不是賺了錢，不用工作了？而嬸嬸也回答得很俏皮開心，她說山上的農作都會自然生長，科學進步，不必她們這些勞動的雙手了！

雖然嬸嬸笑得天真，全是農家女的豪爽，但不知怎地？我卻有一股辛酸淚想要激發而出！我總覺得，嬸嬸應該可以真正的清閒才是。付出了大半輩子的青春歲月，雙手捏出了農家的壯碩偉大，但到了中年，卻遭遇這樣的坷坎，甚至連工作機會也無，連溫飽都成問題。這社會實在不公。

但嬸嬸就是那麼樂觀，來到我家，看到我的學歷，以及穩定的工作收入，她會開玩笑地說：「還是讀書好，像我們就是沒讀書，所以只能做工。」我聽了更是難過，這個社會要不是有那麼多沒讀書的工人的付出，那來我們這些讀書人的生活溫飽呢？

前一陣子，父親邀小叔及嬸嬸到北部遊玩，想說年紀一把了，再不到處走走看看，真會枉費活了大半輩子。原先小叔及嬸嬸都答應了，但到了出發那天，卻不見嬸嬸的身影，問了小叔，才知道原來有個三、四天的臨時工，一天可以領千元左右，是很難得的機會。嬸嬸想了想，已經快一個月沒工作了，無論如何捨不得這三、四千塊，因此決定不到北部遊玩了。對一個辛勤工作的鄉下農婦而言，休閒是多麼遙不可及的事啊！

因此，在我住的屏東大武山下，女人的壯碩是超過男人的。她們總是含著一世的艱忍，從來不知道什麼叫享樂，只知道白天早早出門，騎著腳踏車便往山裡出發，接著就是一整天的屏東烈陽燒烤，但中午的便當卻是冰冷的，最後夕陽下山了，才騎著車荷鋤而歸，最後回到家裡，又要忙著煮飯、洗衣、理家，忙到差不多，也就是睡覺的時候了。隔天，又得上山工作。

她們真是令人欽佩的一群，她們用手、用汗、甚至用血，寫下了臺灣農村最美麗動人的故事。因此，雖然嬸嬸愈來愈蒼老，卻讓人覺得愈來愈散發女人成熟的味道。我的父親及叔伯們總喜歡誇讚嬸嬸的美麗，而嬸嬸總是笑得很害羞，說已經老了，皮膚縐巴巴，那來美麗呢？而我認為，假如像嬸嬸這樣還不能稱為美麗的話，那天下就沒有美麗的女人了！

這種美麗，是屬於大地母性的美，而不是塗塗胭脂口紅，穿著時髦套裝的女人可比！有時候，我看到電視瘦身的廣告，總替那些愛慕虛榮的女性感到惋惜，如果美麗可以用金錢堆積出來，那我們又何必需要智慧，何必辛勤地在大地耕種呢？真正想追求美的女性，都應該到大武山上，看看那群汗流不止的農婦，或許她們一輩子都不曾聽過瘦身這個名詞，但她們是多麼美麗動人啊！

我相信嬸嬸會愈老愈美，她現在甚至連穿著都像老婦人了，就是那種最樸素、很土的布料。在大廟庭前、在一些紅瓦屋的走廊下，都可看到穿著這種衣料的婦女人家在閒聊著。她們三姑六婆、七嘴八舌地談笑著，讓人覺得這塊大地極其寧靜安詳。

嬸嬸也是這群婦人之一，農忙完了，看看電視、訓訓小孩、喝喝小酒。一陣笑、一陣悲，一天便這麼過了！

明日，山上還有很多工作要做呢！

養豬人家

鄉下人的特色之一，便是每日只關心一件事。甚至，一輩子只關心一件事。

我的大堂哥，活了四十餘載了，在這將近一萬五千個日子裡，堂哥唯一關心的便是數百頭的肥豬。這樣的單純生命，從遠處來看是一種美感，但從近處來看卻也有幾許落寞。

堂哥走到飼養肥豬的路，是很自然而然地。早期大武山下的農家社會，許多人家都會養幾頭肥豬當成副業。因為肉類食品的取得不易，加上農家不習慣吃牛肉，所以豬肉成為桌上最高貴的佳餚。自然地，養一、兩頭肥豬，對貧寒的鄉下人家，極有經濟上的助益。

我家是三合院，堂哥就住在左廂的紅瓦屋裡。而在我家正廳後院，則是一大片空地，我們將這片後院隔成前後兩段，都用來養豬。前段是我家負責，養了六、七頭肥豬；後段則由堂哥負責，數量多些，約莫十餘頭。這將近二十頭的肥豬，無形中彷如我家的命脈一般。看到牠們茁壯成長，我們都會露出欣喜的容顏。

尤其是堂哥，他簡直將肥豬看成自己生命一般，他尚未娶媳婦時，這些肥豬其實就是堂哥生命的另一半。

莫說別的，單是看堂哥幫肥豬洗澡的神情，就覺得肥豬真是有福氣。那種神情，就好像慈母幫小孩洗澡一般的溫柔。我們養的是白豬，容易髒，往往一陣打滾後便黑汙不堪。堂哥總在每天清晨、傍晚各一次，牽來塑膠水管，借著雄勁的水柱，一一將每頭肥豬洗得容光煥發。看到肥豬身上的髒汙隨著水流沖洗盡淨，不知怎地，我總覺得那是一種大美感！

因此，我小時候經常喜歡騎在豬背上，學著美國西部牛仔，常惹來堂哥笑。說肥豬不像牛那麼溫馴，智商較高，不肯屈就人類，騎在豬背會掉下來的。但我總還是固執著攀上豬背，覺得洗淨後的豬背那麼美，每一根毛都滑順柔軟，還帶著油亮的光澤，不與之親近極為可惜。但也因此，真的有幾次也掉進糞泥坑中，惹得眾人大笑。

但我只是愛與豬玩，比起堂哥細心的呵護照顧，我卻遠遠不及了！記憶最深刻的是母豬臨盆的那晚，父母、堂哥都會睡不著覺。當我們小孩子早已呼呼入眠時，堂哥總得提著小燈火，穿過後院，檢視母豬生了沒？生了幾頭？那種呵護的模樣，就如今天醫院裡的育嬰房一般。

如果是夏夜還好，但若遇上冬寒的夜晚，那可就艱苦了！因為怕母豬生產受寒，也怕小豬出生遭凍，所以臨盆的前幾夜，便要在豬圈準備好幾個百燭的燈泡，並撿來許多乾燥的稻草，都是為了保暖之用。有時，家裡有破掉的棉被，或是不穿的衣服，也都要拿來取暖。有次夜裡，我隨著父母檢視著母豬的生產，那夜風寒，一片闃暗，但當我走到豬圈時，卻見黃光滿照，溫暖無比洋溢，覺得豬真是幸福，竟有這麼多的人呵護照顧，夫復何求？

當然，飼養肥豬終究還是要出售的！當肥豬長到一百多斤時，便是分離的時候了！對堂哥來說，肥豬的出售，一則以喜，一則以悲。喜的當然是賺進了金錢，可以改善家中經濟；悲的則是相處那麼久的時光，於心不忍啊！

當肥豬出售時，左鄰右舍都會過來幫忙，大家合力抬著肥豬，計算著肥豬的重量。接著是一陣歡鬧的討論，幻想著荷包滿滿的感覺。但當運豬車載走肥豬後，眾人的表情總有點落寞神色。我想，肥豬的生命已經成為許多鄉下人家的一部分了！後來，臺灣經濟逐漸起飛，許多人家都不再飼養肥豬。尤其工商業繁榮發達後，年輕的一輩更認為養豬是低賤事業，髒、臭、亂，利潤低薄，不如坐在辦公室吹冷氣，領固定薪水來得舒服。因此，現在村裡還有將養豬當成副業的，只剩下可數的兩、三家了！

但堂哥依然執著，他甚至在村外買了一大塊地，更將原本的十數頭肥豬，擴大到數百頭，讓我們這些親戚看了，都不免讚嘆一番。現在的青年，誰還肯從事務農的事業呢？

當然，這數百頭肥豬並非一日可幾，少說也有十數年的時光經營了！起先的時候，那塊農地上還是漫草生長，堂哥只圍起幾片木籬，掛上兩、三盞小燈火罷了！豬仔也只有十來頭左右，和當日我家後院的情境差不多。最後，憑著堂哥執著、專注的心，才發展成今天的模樣。每次看到這種成績，我總為臺灣農家的偉大而感動。

十數年前，正逢臺灣經濟奇蹟的歲月，若是投機分子可以做很多事的，例如炒股票、搞房地產等，不出幾個月便可獲利百倍。然而，堂哥卻始終守著那幾頭肥豬，雖然天天也關心著豬價的起落，但我總覺得，賺這種血汗錢更令人欽佩。

我經常喜歡到堂哥的豬圈走走，聽聽百頭肥豬亂叫的聲音，覺得那真是從大地發出的清音，每次到豬圈時，首先碰到的便是一陣難聞的糞臭，起初很懷疑，堂哥是如何整日都在豬圈渡過的？後來，在豬圈待久了，就習慣了，豬糞的味道也不頂難聞。倒是堂哥一身的汙穢，叫人看了心有不忍！

堂哥在豬圈工作時，都是穿著短汗衫、小短褲，以及一雙陳年的拖鞋。而他身上沾惹的飼料屑則告訴我：已經忙了一天了，面對數百頭的肥豬，連拍下灰塵飼料屑的時間都沒有！我嘗問他：肥豬這麼多，工作這麼累，為什麼不請些人工幫忙？

只見堂哥回答得辛酸：肥豬那有幾頭啊！比起大農場遜色多了！況且，再累也得撐下去，今年三個孩子的學費加起來要十數萬哩！不工作那有錢飛來？請人工，哪那麼容易？沒五、六萬元，人家要來踩踏這些豬糞啊！

話有些辛酸,但不知怎地?我覺得這些話從堂哥口中說來,彷彿也看到臺灣農民的辛酸！因為科技的進步，政府都逐漸輔導養豬戶作現代化的經營了！乾淨的場地、自動化的飼餵設備，有頭腦的企業分工，逐漸成為農業的新目標。這當然是好事，然而，要達到這般地步，沒有錢是不行的。因此，連養豬業這樣純樸的事業，最後也逐漸被壟斷，許多小戶，則是苦不堪言了！

堂哥雖有肥豬數百頭，卻也是屬於小戶之一，尤其政府規定千頭以下的養豬戶，必須做好環保排放廢料設備，更是讓堂哥苦不堪言。那套設備少說也需數十萬元以上，然而堂哥始終想不到，為何數十年前被視為最佳肥料的豬糞，如今卻被視為破壞環保的兇手?而數十萬對堂哥來說也是一筆數目，但經常地，因為未在時限內改善，所以還會遭政府罰款。堂哥總勸我們：豬不能養啊！自討苦吃！

走了十數年，堂哥最後有這樣的感嘆，我想這也是許多貧窮農戶的終極感嘆！很多人表面上看到許多農戶一夜之間致富，卻不知有更多的農戶是天天愁眉苦臉的。例如堂哥，他每天最關心的便是豬價的起落，有時一跌，一年的血本都不見了。而臺灣農業市場的風險，早已不像數十年前那麼單純了！一步一步踏實地去做，有時反而落後投機分子一大截。一次我又到堂哥的養豬場，享受著豬糞排放灌溉出來的鮮美水果。而當我走出豬圈，堂哥正好和一個養豬戶聊天，那個養豬戶家裡有錢，所以在堂哥附近蓋了一間現代化的大養豬場，為數至少千頭以上，幾乎壟斷了大部分的豬肉市場。我看到那個人正抽著香煙，一臉得意地傳授著堂哥養豬的祕訣。我無心聽他們談話的內容，只見堂哥的表情有點落寞，看來，純樸真誠的經營哲學，在臺灣農家是無法適用了！

只是，辛勤的歲月彷彿都會走過一般，雖然今天堂哥的養豬場依舊殘破，但他的三個兒女也倏忽已長大成人，最小的都已經讀大學。讓人懷疑，這十數年是怎麼走過來的呢？又讓人覺得，臺灣農村實在蘊含一股強大的生命韌力，縱使現代的科技、工商業不斷侵蝕，但誠樸的人，依然會走出一片天的啊！

堂哥的臉上已刻出幾條皺紋了！我有時無法接受，當日那個正直憨厚的養豬青年，今天居然也已步入中年，朝向老邁！而他依然每天只做著一件事。十數年下來，我已經不曉得堂哥還有什麼其它嗜好了！

現在和堂哥聊天時，他的話題總是圍繞在肥豬身上，晚一輩的年輕人都覺得很煩。但我想告訴他們：當一個人用一生去做一件事時，是農家最美的情懷啊！現在社會，已很難再找到這樣憨愚的樸壯生命了！

土水的希望

因為生性恬淡，我對號稱「臺灣三寶」的賓士、XO、勞力士，不僅沒有太大興趣，甚且有些反感。但近年觀念逐漸改變了！倒不是心性走向虛榮奢靡，而是在這些俗氣的商品背後，看到屬於奮鬥後的結晶成果的喜悅。

我的二堂哥，四年前買了一隻紅蟳勞力士鑽錶，從瑞士帶回臺灣鄉下時，我看見親朋們都笑得開懷極了；前年，他更進口一部賓士三二〇轎車，停放在低矮的紅瓦屋前，車頂總是閃閃發光地。看到它們，我彷彿也看到奮鬥的人生。

堂哥今天的成就當然不是一日而幾，而是用一塊塊的磚頭、一片片的板模堆疊而成的。我每次看到堂哥那因風霜而蒼斑的容顏，便知道人們的成功絕非偶然。

堂哥長我十餘歲，因為沒讀過什麼書，從小便跟人家「學師仔」去了！像他這樣的農家子弟，遍佈著大武山下的大部份人家。他們都是天性豪爽的人，知道自己不是讀書的料，因此唸完國小後也就到處找零工打發時間，一直到被徵召入伍為止。

這些鄉稼漢，有些人到山上的鳳梨公司，做著每天幾十塊錢的除草、栽種工作；有些則跟人學釘板模，擔挑水泥，在烈陽下曬一整天。然後，青年入伍當兵去了。入伍的前一夜，他們總會邀集親朋大醉一場，因為兩、三年後，前途茫茫，也不知道回到農村社會還能做什麼工作？

但縱使如此，鄉下的青年們當完兵役後還是一一歸鄉了！他們的理由只有兩點：外地人海茫茫，無依無靠，不如自己家鄉溫暖可靠；祖先們都說，努力打拚，一定有出頭的一天。鄉下人便是這麼誠樸執著。其實，堂哥這輩的年輕人，臺灣的經濟已略呈好轉現象，都市工廠缺不少人，而許多鄰近都市的青年也都紛紛往外發展。但很奇怪，大武山下的這批年輕人，那時候居然大部分選擇在自己家鄉工作，這裡有一種很感人的鄉野情懷。

堂哥正是這群有點近於憨愚的鄉下青年之一，跟著人家學做土水，從最基礎的小工做起，一天一、兩百塊，差差足以糊口罷了！然而，臺灣的希望正是建築在這一磚一瓦之上，在辛勤不懈之中疊起經濟的奇蹟！

印象中，堂哥生性純樸憨厚，不高，滿頭烏黑亮麗的頭髮，皮膚也有青年人散發的油俊臉龐。和農人上田一樣，堂哥也總是在太陽昇起後便出門了，那天的工作可能是攪拌水泥，可能是挑磚頭，也可能是砌牆圍。反正，有怎樣的零工便做怎樣的工作，直到日頭下山，堂哥才會回家門！

這時候，堂哥通常已是滿身泥污，衣服褲腳更是沾滿水泥碎屑，而一頭亮髮更因狂風吹襲而顯得雜亂無比。我小時候，總覺得這樣的髒污有一種粗豪的美感。

總覺得大武山下的居民就應如此：豪情、狂亂、粗頭、散髮，才是真正血性的男兒。

當然，我知道堂哥的工作極辛苦，一分金錢，就是一分血汗的付出。看到堂哥因風霜而快速累積的紋縐，更知道祖先所說的「成功必須付出代價」這句話，有它永恆不易的道理。

大約做了幾年後，堂哥真的有了一點小小的成功了！以前人們學師仔，大約是三年四個月才可出師，而堂哥則約在這個期間的兩倍時光後，買進自己的第一輛水泥攪拌機，正式提升到自己當老闆的地位。我們都相信，堂哥的好日子即將不遠了！

但事實上，有了水泥攪拌機後，堂哥的工作異加地艱苦。許多清晨，當我還兀自在睡夢中沈迷時，便已聽到水泥攪拌機的引擎發動聲了！那時還沒有電動引擎，必須靠著人力轉動磨擦發動。有時因為天冷，堂哥總要轉動引擎十多分鐘，汗水經常涔涔下，而這時天還未亮哩！

引擎發動後，聲音震天，我通常也在這時候醒了！我總喜歡走到前院，看著堂哥準備上工的情景：把小臺車搬上攪拌車、將磨刀及攪拌器一一整好，然後在頭臉圍上一條大布巾、戴上斗笠，在黎明微暈中出門。今天，可能是要去灌一間房子的地基，也可能是要去築一條村裡的水溝。總之，堂哥的希望便這麼地佈灑在大武山下。

有了自己的水泥攪拌機，加上臺灣經濟起飛，堂哥的生活終於穩定下來。這時，堂哥娶了隔村的二嫂，她也是一個純樸的鄉稼女。二嫂的一生，就此托付堂哥，以及那輛已滿是泥污的攪拌機。結婚的那天，鄉朋都來祝福，席宴上，都是穿著拖鞋的青壯年人，有些人嚼著檳榔，有些人抽著香煙，他們一如我的堂哥，在席宴上大鬧吃喝，說著一些粗俗的笑話。那是我第一次覺得粗俗也可以很美。

真的，粗俗也可以很美的。在粗俗中，你看到的其實是純樸的豪情反射；在粗俗中，你看到的其實是天真的自然流灑。他們都是沒讀過什麼書的人，娛樂的方式，大概就是在工農之餘，展露一點屬於人類本性中的粗俗個性，但那無傷大雅！

二嫂進了我家家門後，隔兩天就披上圍巾，戴著斗笠，跟著堂哥做著土水小工去了！那天，依然也是黎明微暈。

就這麼地，二嫂少婦的容顏，幾年後也是風霜滿佈了！而女人蒼老的速度更加急遽，就在堂哥換第二部水泥攪拌機時，二嫂看起來已像是個中年婦女！我每次想到這點，就覺得農家婦女真是偉大的一群，她們彷彿不知道什麼叫青春似的，只知一味付出，直到老死，這是生命裡最動人的情懷之一！

但這一切都是值得的，因為希望已在前方，努力已看出代價。我記得很清楚，堂哥換新的水泥攪拌機時，我們全家人多麼地愉悅啊！前幾天就開始談著這輛攪拌機了，說是如何地新穎，多麼地先進，也不必手搖發動了，而是電動發動。並且，造價不菲哩！要好幾十萬，比自用轎車還貴呢！然後，大家充滿希望地期盼它的來到！

那時，我第一次感到東西愈貴，其實就愈代表人們的希望與奮鬥得到實現。當嶄新的水泥攪拌機進門時，我看到全家人都羨慕地笑了。堂哥更是歡欣，但他總是謙虛地說：不是什麼好機器啦！一臺才五十多萬而已！

臺灣的經濟奇蹟已經被堂哥這群年輕人建築起來了！如果你到大武山下的話，將可看到我村莊裡的這些年輕人，他們用一生勞力，終於打出一片江山，成為整個村莊的支柱！當然地，堂哥的經濟情況也愈來愈佳，他的事業逐漸擴大，不請十來個工人助手幫忙已不敷所需了！

至此，堂哥也有休閒的機會，前些年便到了瑞士遊玩，他聽人說那裡風景很好，不像臺灣的髒亂，而且有時下雪，叫什麼阿爾卑斯的山還會積雪呢！和我們的大武山不太一樣……，回國後，堂哥帶回代表虛榮的一隻勞力士錶，價格和一輛進口車差不多！不過，當他拿給我們看的時候，沒有人覺得粗俗，唯一的是羨慕，而這種羨慕，我們都覺得是堂哥應得的，沒有一個人有嫉妒之心！

後來，堂哥的事業愈趨穩定，累積不少財富。而就在去年過年時，他投資的另一項事業落成使用——一座三十八球道的保齡球館。接著沒多久，村人說當董事長要派頭些，於是堂哥就買了一部賓士三二〇的豪華轎車，擺在我家低矮的紅瓦屋前，告訴來往的鄉親，這裡出了一個事業成功的鄉稼漢。

不過，二嫂說雖然有了保齡球館，但是土水的工作還是不可放棄，她覺得那才是真正的頭路。因為有了它，才有今天亮麗的保齡球館；因為有了它，才有今日光鮮的賓士轎車。因此，現在經常還可以看到二嫂戴著頭巾，隨著水泥攪拌機出外工作，她依然是那麼甘心地做著一個小女工！

看到堂哥成長的過程，也就是看到臺灣人成長的過程。我不記得是誰說過的：臺灣的經濟奇蹟就是一群人這麼地用血汗堆疊而成的！在堂哥身上，我相信這是實話，他用一磚一瓦，便這麼狠狠地堆塑出屬於鄉下人的夢！

堂哥的保齡球館，是用伯父的名義當董事長的，我的鄉人，都稱這個滿頭灰髮、身著素衣、腳穿拖鞋的老伯為「何董」。堂哥的奮鬥，終於為這個家族添了光采。

前一陣子，堂哥用他那輛賓士三二〇，載著父親來苗栗看我。我看到父親氣派地坐在車子後座，他肥胖的身軀，儼然是個大老闆一般，其實，父親只是國小工友，薪水還不及一個輪胎呢！

但這些都不重要了！重要的是，我從此覺得賓士車、勞力士已不是我們認為的表面粗俗。在這背後，其實蘊含著更強大的生命力。而我的許多鄉人，也透過這些乍看粗俗的東西，獲得了他們的喜悅與歡欣。那麼，這不是很令人珍惜的事嗎？

嫂嫂

印象中，每個嫂嫂的容顏都一模一樣：黑黧的臉龐、蓬粗的散髮、長繭的手掌，還有每天一成不變的粗布花衣，以及戶庭下永遠洗不完的衣服。

其實，我有好幾個嫂嫂的。例如大堂嫂是鄰縣一個有教養的人家，我年少第一次看見大堂嫂時，感覺衣著時鮮，口紅亮麗，應該不是粗樸的農家婦才是。

我的二堂嫂則來自鄰村一個大家庭，有好大片自己的土地，應是有錢人家，不像我家這麼貧窮的。

還有很多堂嫂、表嫂，她們都曾經有過豆蔻年華，也曾有過浪漫的青春，但當她們到了適婚年齡，進到我家家門後，豆蔻彷彿一下隨水流去，而浪漫也逐漸成為過往雲煙。每次想到我的嫂嫂們這種生命，總覺得其中有一股很強韌的生命情態。

這種生命情態，必須承受許多人間的寂寞與艱忍。我記得清楚，當大堂嫂第一次進家門的情景：她披著白紗，含情羞羞地被大堂哥牽進家門時，一生就這麼地被註定了。註定一輩子將守在這戶紅瓦人家，服侍著年紀已老邁的大伯，以及做不完的情事，還有，即將到來的成群子女。

一個女人家，要將這些事情打理得一一妥貼，真是需要有強大的生命信仰在支撐著。不說別的，單說大堂哥那幾百頭肥豬，已夠嫂嫂應付了。豬舍的臭味，鐵定讓這個來自美麗人家的少女不習慣好一陣子。而清洗豬舍的辛勞，也必然讓這個原本有著纖纖細手的少婦逐漸長出厚繭。這些，都在嫂嫂嫁到我家後的數日後開始。沒有浪漫了，青春消失了，往後的一生就只剩下無盡的付出。

這是女性最令人動容的地方。其實，我的大堂嫂容顏很美，有著水汪的大眼，靈動的言語對話，都說明她應該是一個精明活潑的女人。但這些彷彿都不再重要，農家的質樸，終究掩蓋了她的大半生命，而與一般鄉野人家沒什麼兩樣了。

但嫂嫂從不計較。嫁來的一、兩天後，她就開始蹲在紅瓦厝簷下的走廊，洗著一大堆髒汙的衣物了，其中有大伯上田後沾滿泥沙的衫褲，有大堂哥在豬舍裡附著的豬糞味。然而，嫂嫂好似都不嫌髒臭似的，她總將這些衣物緊緊捧在胸前，放到一個大鋁水桶中，加注清水、搓洗、再清洗、擰乾，一切動作都像是熟練已久。看到嫂嫂洗衣的情形，我開始對她有了許多尊敬。

尤其當嫂嫂將衣服洗好，曝晾在我家前庭時，真有許多美感。風吹多年的竹竿上，一件一件的粗布衣服，每件都回歸到它們的定位，筆挺平淨，在烈陽曬照下，散發出布料的本來香氣。那種味道，就好像是曬了一整天烈陽的棉被，有種說不出的幸福感。

洗好衣服，大概是近午時分了，這時嫂嫂忙的是挑菜煮飯，因為再過一個多小時，大伯就上田回來了，趕忙吃頓飯、休休息，又必須回到田中。因此，嫂嫂幾乎一刻也不停地，又在廚房煮東弄西，為的便是服侍一家人的安頓。等到嫂嫂真正歇下來時，約莫已是下午兩、三點了，這時的嫂嫂，才有一點點屬於自己的生活。

這時候，嫂嫂可能是在臥房裡，拿起梳子，稍稍整理一下整日被風亂吹的髮絲；也可能是在梳妝臺前，修剪著日漸粗斑的容顏。總之，我覺得下午兩、三點時的嫂嫂，有一股別於早晨的美，好像比較慵閒，因此也就散發屬於女性的味道，不像家事忙碌時，會掩蓋了女性的清秀。

這時，也是嫂嫂串門的時光。左鄰右舍，不乏這樣的婦女，她們有些都像嫂嫂一樣來自鄰縣，有些更遠，臺北、臺中的都有，而最多地，當然還是本村的農家女。這群年齡不一，容顏互異的婦女，聚集在一起時，不知道她們都談些什麼話題呢？

我當然不好意思加入這群三姑六婆的聊天，但猜想，她們的話題中多少有些辛酸吧！想到當日在臺北繁華都城，是多麼青春浪漫的歲月啊！而今嫁了農家漢，註定一輩子守著大武山；然而，這裡面也有許多溫馨的畫面，想到今天日子是那麼安穩，男人們為了顧家忙著上田奔波，為的還不是一家生活溫飽，那麼，洗洗幾件衣服，煮煮飯，也還不是為了家，又有什麼值得計較呢？

我有時看見嫂嫂們在聊天時，她們的容顏總是輕泛著笑語。顯然地，這裡是嫂嫂的家了，她們來自異鄉，但最後卻溶進了這塊大地。單是這點，女性的生命已值得我們讚賞不已。

大堂嫂嫁來我家不久，二堂嫂也嫁過來了。同樣地，除了喜宴當日熱鬧慶祝外，隔天二堂嫂就和大堂嫂一般，忙著分攤家裡的瑣事了！從此後，經常可以看到兩個婦人站在烈陽的竹竿下，曝晾衣服。那種畫面，又多出了一分地溫馨！

不過，比起大堂嫂，二堂嫂似乎老得更快。因為大堂哥是養豬人家，再累也是在豬舍裡，曬不到什麼太陽！但二堂哥卻是個土水師傅，一天到晚都在屏東的大太陽下燒烤。二堂嫂嫁來我家的幾天後，也就跟著堂哥一起在烈陽下工作，沒多久，容顏自然走失青春的面龐了！

我不知道二堂嫂每天都幾點起床？只知道清晨還有些許露水時，二堂嫂就已在臉上圍上一條花布巾，只露出兩個眼睛，而當她戴上斗笠時，也就是出門上工的時候了。那時，我總無法猜測二堂嫂的眼神下在思索著什麼?是青春嗎?是浪漫嗎?還是工作?再工作?

我想,唯一想到的仍是辛勤與付出吧!我的嫂嫂們這輩子好像都沒有什麼怨言似的,她們的一生,似乎在嫁到我家那一刻便已經決定了:就是讓這個家更好,至於自己呢!卻是沒有名字的,書籍從來不會提到她們。如果有的話,也只是「女人的命就好像油麻菜籽命」這樣的語詞。但話說回來,沒有一個農家女人會計較這些的。現代社會裡有一些「女性自覺運動」、「豪爽女人」的名詞,我總覺得與我的嫂嫂們距離好遠、好遠。我的嫂嫂們如油麻菜籽一般吹到我家,就在這裡落腳了,她們的一生就從此決定。

但你說她們不幸福嗎?未必。你看她們在洗衣服時,雖然有時嘴裡也念念有詞,嘮叨一陣,但這麼一嘮叨卻又過了二十年;你看她們在煮飯時,雖然每日都是一樣的油鹽醬醋,但鍋鏟鏗鏘中,嫂嫂早已是三、四個孩子的媽了!她們的生命是這麼質樸,我想她們已經找到她們的幸福了!

這種幸福,不是都市追求浮面虛誇的幸福,而是真正踏在土地上的厚重質感。嫂嫂們沒有亮麗的套裙,也沒有高䠷的皮革馬靴,她們一年到頭都是穿著粗布花衣,而鞋子也就是一雙拖鞋,外加幾雙工作鞋罷了!雖然嫂嫂們也曾經在電視上看到都市女人的漂亮,而在那裡讚嘆著都市女人的好命。然而當電視機一關閉時,嫂嫂們又回到了廚房,面對著一樣的油鹽醬醋，至於那具嫁來不久還曾用過的梳妝臺，這時早已成為擱置雜物的地方了！青春，彷彿就此消失。然而，生命卻就在此一一顯露意義。

如今，嫂嫂們都已進入中年，她們的一生付出，也都在臺灣經濟起飛時，相對地得到回報。她們當日辛勤的付出，如今也都換到實質的成果了。例如大堂哥已擁有一座中型養豬場，而大堂嫂也開了家美而美早餐店；二堂嫂就更不用說了，她已是一家現代保齡球館的總經理夫人了呢！我們都相信，她們的好命就應該來臨了吧！

但什麼是她們的好命呢？一樣地，是每天有洗不完的衣服，做不完的家事。其實，嫂嫂的財力足以請個傭人，至少也可以買些機器代勞。但每天清晨，我總還是看到嫂嫂蹲在紅瓦簷下，努力地洗著全家的衣服，只不過這時除了大伯的衣物外，又加進孩子的衣服了。有一件上面滿是花花亮亮的晶片，那是嫂嫂的時髦女兒穿的……這些屬於現代的衣服，加入了嫂嫂老舊的生命中了！

只是，嫂嫂依然數十年如一日地洗著，她或許分不清這些衣物和二十年前有何不同吧！她只是嘴裡嘮叨著：怎麼又要買新衣服了？不是才穿幾個星期嗎？那像我們，一件衣服穿了幾年還在穿，現在的孩子真是好命啊！

嫂嫂也可以買新衣服了，也可以好命的。只是，嫂嫂們想不了那麼多了！

我的嫂嫂們，不只有大堂嫂及二堂嫂罷了！整座大武山下的龍泉村的中年婦女，都是我的嫂嫂。她們用一種最質樸的生命，記錄了女性的偉大，也記錄了臺灣鄉村的偉大。

破碎的美雲

偶爾地，美雲那痴憨中帶著醇美的笑容還會入我夢中。想到時，心便酸了起來。

美雲是我的表妹，只晚我幾天生。但就這麼幾天，誰也沒有想到未來的命運竟完全相反。我一直朝向光明前進，但美雲卻一步一步踏入黑暗，直到無可挽回的一天。

因為同齡生，又為兄妹，所以我與美雲不可避免地成為青梅竹馬。在這片大武山下的小村莊中，二十多年前到處貫串著我們的笑，那種開懷地、天真地笑，誰能想到日後卻隱隱罩著一層烏雲呢？大武山的雲，應是彩亮的、空闊的雲才是。就像我的表妹美雲的笑一樣。

美雲的笑是很美的，但不是那種有教養人家的笑，而是很農村的，很憨厚地笑。每當美雲的笑聲在她家後方的花園中響起時，一種屬於童年天真的夢想便交織在這片花園的每個角落了！

這片後花園是我們最常來遊玩的地方。這裡有一棵高大的楊桃樹，每年都會結滿又苦又澀的楊桃，累累的果實，叫人覺得大地上有棵果樹，捨此又有何可求的呢？

楊桃樹外，則是一片廢置的垃圾場。二十年前，垃圾場是很可愛的，沒有塑膠袋及果皮臭味，只有一些人家不用的傢俱，蓋屋留下來的磁磚瓦塊等。這些加起來，恰好是童年的夢幻天地，躲入垃圾場，就好像躲進一個無憂無慮的時空隧道中，可以忘記整天的煩惱。

此外則是一間無人居住的破木屋了。小孩幻想力豐富，總將它聯想成鬼屋，製造許許多多大人想像不到的傳說。而這間破鬼屋，加上長青的那棵楊桃，以及那堆新奇的垃圾場，我們習慣稱它為「後花園」。

大武山下的孩子，包括美雲與我，還有一大堆不知天高地厚的小孩，那個不曾在他們的歲月中有一座夢幻的後花園呢？

美雲的笑，就經常響徹在這片童年的後花園中。她最喜歡蹲在那棵楊桃樹下，玩著沙包的女孩遊戲。一雙靈巧的手，總是將沙包丟得老高，口中念念著孩童的謠詞：「一放雞，二放鴨，三分開，四作堆……」，然後，那種很憨的開懷的笑便在美雲臉上露出了！

當然，男孩子是不玩這種無聊的女人遊戲的，我們大都喜歡爬到樹上，玩官兵捉強盜的男人遊戲。但無論如何我還是很喜歡美雲的純潔，看到她，就覺得永遠這麼地遊耍下去，是人生最美的事了。

美雲和我是國小同班同學，班上的同學都喜歡她。覺得美雲沒有心機，有事請她幫忙，她總是做得勤勞快速。最主要的還是美雲經常帶著笑容，沒有比這更令人陶醉的了！

美雲唯一怕的一件事是打針。國小時，幾乎每個學期都會有衛生所的人來施打預防針，有時是霍亂，有時是卡介苗，反正學校的老師總要想盡一些撫慰我們的話語，說什麼不會痛，又說一定要注射，否則會死翹翹等等哄騙的話。但我們都相信老師是騙人的，只是礙於無奈，只能乖乖地排隊注射。注射那天，簡直像世界末日一般可怕。

尤其是美雲，她簡直害怕到極點。尤其衛生所的那些老女人，似乎沒一個有愛心的，總是隨便捉了條手臂，狠狠便刺了上去。保健室裡，經常不時傳來喊叫的聲音。大武山下這所不大的學校，這短暫的一個上午宛如人間地獄一般。而通常地，美雲在衛生所護士抵校不久後，便會自動消失在國小校園了！

美雲當然不是翹課回家，那時候的孩子，還不懂什麼叫翹課呢！美雲是躲到了學校的某個角落，可能是操場外那片高及人身的長草堆中，也可能是教室附近的廁所之內，不然就乾脆跳到圍牆外躲著，總之，為了找美雲出來打針，總要班上全部同學出動，以及整個上午迴繞在校園上空的擴音器發出的通緝令！最後，好不容易找到美雲，又要幾個老師、工友合力地抬著、推著，才能使美雲勉強就範。隨後，則聽到保健室中又傳出一陣慘叫。

直到如今，每當我想到昔日在校園上空的通緝令，以及抬拉美雲的滑稽畫面，心裡都會流過溫暖的感受，那真是美好的童年時光啊！因為我更想不到的是，當時那麼怕打針的美雲，有朝一日，針筒卻成了她的生命中不可避免的痛了！毒品與黑暗，陪伴了她往後歲月的大半人生。

國小畢業後，我便不太清楚美雲的去向了！這時我忙著應付國中升學的壓力，每日與課本為伍，就算玩耍，也只是打打籃球罷了！很少再到後花園了。而後花園中更是從此不見美雲的身影，聽親人說，美雲好像到外地找工作了，繁華的都城，賺錢是會比這個純樸農村快速的。

再看到美雲，已是好幾年後的事了。時間之快，真令人覺得歲月匆匆，這時我竟已讀大學了，提了幾本精裝書，放寒假回到家鄉時，發現龍泉村的景致好像起了些變化。國小的同學，走在路上有些都不認識了，那麼就更別提美雲了，事隔十數年，她是否依然有童年的憨純笑容呢！

那次寒假過年時，我到姑媽家拜年，想見見這個多年未遇的表妹。然而當我一踏進姑媽家門時，耳中便傳來一陣麻將的吵雜聲響，我知道今天是大過年，照例要打上幾圈麻將，本不足為怪。但叫我驚奇的是，正前方坐的一位妖冶的女郎，不正是我那個童年的玩伴嗎？

美雲的裝束就像風塵中的女郎般，蓬散的頭髮，還染了金黃的顏色，一看就知道前幾天剛燙過，但這幾天因忙於打牌，所以並未梳理。散髮下面則是厚塗的粉臉，眉毛也像剛畫過一般，眼袋則有紫青彩妝的痕跡。至於那童年時光經常露出的雙唇笑靨，如今則艷艷地抹上深色的口紅。衣服更不必提了，時髦的模樣，根本讓人懷疑這真是童年憨純的美雲嗎？

美雲似乎也看到了我，朝我笑了笑。十多年未見了，但她竟只是這麼應酬地一笑，像是有許多辛酸，也有許多無奈。又像在告訴我，十多年未見，但我們的人生旅途已分道揚鑣，她走的是陽關道，我走的是獨木橋。若非還有一點親戚關係在牽連的話，這番應酬的笑都不存在呢！

我也笑了笑，也是有許多辛酸，許多無奈。感嘆人世滄桑變化不同，兒時玩伴竟然有這麼不同的命運。但好像什麼話都不必提了，我輕輕地走到美雲身旁，嘗試挽回一點屬於童年的笑語。於是我學著江湖口吻，問美雲：「贏了不少吧？」而只見美雲嘴角抹上一絲笑容：「你看得懂麻將嗎？」說完，右手拇指與中指摸上一張牌，看也不看地便翻出送向牌面。

美雲的意思是說，像你們這種大學生，有好的讀書環境，受好的教育，可能會看不起我們這種粗俗的人了吧？我很尷尬，也有點心傷，我那會看不起美雲了呢？不管她的命運如何，不管她是否逐漸走向黑暗，在我生命中，她永遠佔據了一個部份啊！而我也看得出來，美雲其實很想跟我聊聊天的，談談這十餘年來的人事變遷，說說她這些年來心中的苦楚。只是，美雲終究還是忍了下來，許多心裡話，只能一一往自己肚裡吞了！後來，我在姑媽家坐了一會，道了幾句新春話後便回家了。道別的時候，美雲正點起一根煙，裊裊的白霧穿過朦朦的黃燈，緩緩地往上飄。

這竟是我最後一次看到美雲了！此後多年，我走的路愈加地和美雲分歧，我一直朝向學問光明前進，而美雲則為了多賺金錢，愈加地跨入黑暗社會。我想，美雲一定也很清楚她的路是不歸路，她的生命簡直就是在燃燒自己一般。然而，她終究還是踏進去了，這個社會，終究還是讓美雲這麼純潔的生命一點點地碎滅。

再知道美雲的消息時，我在大學研究所就讀，妹妹來了一通電話，說美雲死了。妹妹沒有說什麼，但我猜想，美雲這麼複雜的生活環境，這天的到來也是必然的了！掛了妹妹的電話後，我突然有一種安靜的感覺，反倒覺得這樣也好，或許美雲在天堂中，還能找到更真實的自我吧！

那個美雲，是童年的美雲，是會露出那種很憨很痴的笑的美雲，是那個看到針筒便嚇得尿褲的美雲。這些，都曾因社會的黑暗而讓之消失了！如今我已從大學畢業，投入社會工作。

心中默許著：我來不及參與扶持美雲走向光明，但願藉一己之力，多協助一些人，讓她們免於踏進美雲的路途！

故鄉

儘管我並不排斥城市的到來，但其實我更加懷念鄉村。

我的故鄉，正準備從典型的鄉村，朝向城市文明邁進。

故鄉在屏東龍泉，當縱貫鐵路穿過大小城鄉，抵達南部最後一個大站時，便是熱情的屏東平原了。再搭上淡黃色的客運公車，半小時後就可看見一大片的蓮霧園區，幾個轉彎，我的故鄉龍泉村便已在望了。

要抵村莊入口，還必須先通過一條筆直的大馬路，兩旁盡植高大的苦苓行道樹，再熱的天，也拱成一片蔭涼。行道樹長二百餘公尺，走到盡頭，一家賣薑母鴨的小店，暗示著村莊的入口到了。

經常地，當我穿過苦苓行道樹時，心情便暖了起來，知道故鄉不遠了，幾個轉彎，熟悉的紅屋瓦厝便在前方。那裡，住著我的父親，還有我許多良善的姑伯叔侄。

真的，我離鄉多年，但每次踏上故鄉的土地，便發現眼前的景物開始熟悉起來，身旁擦過的，經常是兒時玩伴，而今，他們的臉上已佈滿幾許風霜了。然而，不論他們的紋縐如何爬滿鬢角臉龐，我仍清楚知道那叫故鄉。

這些玩伴，是一起在我家不遠的後花園一起玩耍的。那片後花園裡，植滿許多酸苦的果樹，隨手一摘，牙酸的同時，滿足的表情卻同時溢於言表。

這些玩伴，是一起在崇文國小附近偷採農夫的芒果的。黃泥路上，不時可以看見戴著斗笠的農夫追著學童斥罵。偶爾，他們還跑到學校告狀，那個星期中，我們的日子都不好過。

這些玩伴，是一起在村莊後方的溝渠旁游泳戲水的。一條小溝渠，水清無比，孩童們脫了衣褲便縱身一跳，沒人教他們怎麼游泳，他們卻像天生就熟悉水性一般，在清流之中翻騰自如，累了，便躺在溝渠旁的草地上，讓屏東的烈陽曬得一身銅色肌膚。

這些玩伴，是一起在大廟門前跳房子的；是一起到山地門看瀑布的；是一起到大武山捉小鳥的；一起歡笑，一起挨打，一起讀書，一起考試，一起在一間間破舊的教室裡，聽著級任老師破口大罵。

而今，這些玩伴忽焉都已長大，他們不再被人訓罵了，而是有了一群子女，也學著當日的級任老師，在大武山下追罵著自己的子女。而我，卻在十餘年前，離開家鄉，告別家鄉，告別我曾經非常熟悉的一切，包含這裡的山，這裡的水，這裡的人，這裡的種種鄉村事物。

鄉村的山，遠看是淡藍色的，近看是深綠的，遠看時是一片迷迷濛濛，近看時連樹枒都清晰可辨。經常會從山岫飄出白雲，告訴你山嵐正在昇起。

鄉村的水，站在山上往下望，是一彎又一彎的清淺，水流過處，打到河石，會激起白淘水花。而如果偎在河邊親撫時，則更可見到水裡游魚爭奇，最常見的是大肚魚，還有草蝦水螺，運氣好時，連螃蟹都來到你的腳下。

鄉村的人，老翁都戴斗笠，那當然是下田需要。有趣的是，連不下田的人也戴斗笠，似乎已成習慣。在鄉村，斗笠便是扇子，但搧出的風更加清涼；老婦則多半會蒙一層布巾，也是為了遮陽，久了後，那種布巾的花色，成為老婦們最愛的顏色，連衣衫都是這種顏色，樸實淨素，是鄉村的色彩。

中年漢子，開始像他們的父親，也學著戴起斗笠，或下田，或上工，總之越來越有土味；中年婦女，也逐步褪下花衣，改穿素布，不論在家，或是出外，總之越來越感親切。

而那群小孩呢！玩耍的依然玩耍，挨打的依然挨打，他們仍舊有許多小小的壞習慣，但終歸來說，卻並不構成變成壞人的條件。甚至可以這麼說，沒有這些調頑的過往童年，是不夠格稱為鄉村孩童的。

那裡知道，這一切開始變化，偷採芒果、丟石頭破人窗戶、到山林河中戲水，都已成為大人眼中真正的壞習慣，而不被容許，而認為那是野蠻小孩的行徑。逐漸地，在我的故鄉，也開始有了這樣的想法。

莫不是嗎？還有幾個老翁會戴斗笠呢？還有幾個老婦肯著布衣呢？而中年男子都圍標去了，中年婦女則忙著當起六合彩的組頭。國小的教師們，課堂上傳授著現代文明的光鮮與亮麗，他們大都年輕，穿著入時，漂漂亮亮的短裙套裝，告訴孩童們有關城市的一切種種新鮮。

小孩們當然也歡喜，他們的書包開始講求流行，不再是一方布包著兩三冊課本了，而是塞著日本偶像漫畫，以及香港四大天王的照片，在山林河間游泳，曬大太陽，成為一件難以啟齒的奇怪舉動。

莫怪，當我再回故鄉，通過那排苦苓行道樹時，心中竟有悵然若失的感覺。苦苓依舊，入村口時，熟悉的臉孔依舊，只是少了一股悠閒，屬於鄉村的悠閒；只是，少掉一股味道，屬於鄉村的淡淡芳香。多出的，是排排的水泥磁磚公寓，每棟的風格都不一致，顯然沒有人會顧慮整體的和諧；多出的，還有各式的汽車，賓士已是滿街跑，有一次，我還看見一部乳白的勞斯萊斯，急駛而過我的故鄉街道。

至於鄉人們的心態，更早已城市化了，功利好錢，自營自私，這我已不忍說。

於是我與故鄉有了一種奇妙的感覺，我每日都想回故鄉，以自己的所學奉獻給她，希望能重新覓回我童年的時光；但我又怕回故鄉，擔心自己站在這片土地，早已與她格格不入，怕熟悉的事物一下被我撕破。因此回鄉時，我大部份的時間都躲在家中，不敢外出，幸好家中還有父親，他依然未變鄉村的本色，依然樸質誠厚；還有幾個叔伯，雖然他們早已事業有成，熬過了困苦的歲月，所幸未脫真誠赤子之心，還能與我述說童年往事。

然而，走出家門，一切我就不敢預料了。不說別的，當年十字路口那家小麵攤，如今卻是一家賭博性電動玩具店，再過去，則是泡沫紅茶店，漆黑一片，不知是何營私？以前，這裡是很多老房子，幾個老翁，在前庭泡老人茶的啊！

於是，我開始對故鄉產生迷思，逐漸地不認識她了；我想，故鄉也逐漸地對我產生迷思，她也逐漸地不認識我了。於是，我徘徊在他鄉與故鄉之間，卻終於找不到故鄉。

難怪有人一天到晚思念故鄉，卻又不忍回到故鄉。在我的故鄉與我的心靈，正是這種兩難的結局。

我不禁問：故鄉啊！故鄉！你究竟在何方？

田園

除了水流、蟲鳴、牛哞、狗吠、風聲、葉聲、鳥聲之外，
這片田園還有我們尚未察覺的聲響，
無時無刻在此組成一闋〈田園交響曲〉。而我相信，
除了這些耳朵可以察覺到的聲音外，
應該還有許多耳朵所察覺不到的聲音！
至於那察覺不到的，
或許只能用心去感知了。

雁行千里

燥悶的南屏天空，近些年來變得更加憂鬱了。原本群鳥漫飛的藍天，如今約略只剩白雲淡淡飄過。

許久沒見到雁群劃過天際了。

唸國小時，下課後喜歡躺在操場中，仰看天空彼端飛來的雁群，成「一」字，或「人」字，飛過藍天白雲。雁群的飛翔速度緩慢輕柔，足足可以欣賞五六分鐘，且半些倦意也無。稚幼的心靈，直以為雁群是從北方南來過冬的。牠們飛過群山萬壑，飄過萬浪千洋，找尋這片福爾摩莎作為棲息的巢居。一想到這，便覺與有榮焉。

因為雁是最具真情的鳥類，伴偶死了，另一隻絕不會單飛。元朝的元好問便曾記載：一對雁偶，母雁被獵人射殺了，公雁在天空長鳴兩聲後，隨即振羽撞地殉情。情之為物，真是不可思議！而這就是「問世間情為何物」的典故由來。

小孩童對雁群都有好感的。下課的操場上，玩泥巴的玩泥巴，躲貓貓的躲貓貓，然而，只要雁群飛過，無論那個小孩先看見了，都會朝空大叫一聲「有雁」！其後，玩耍的孩童便放下遊戲，人人都仰向青空，悠然出神地靜看著雁群飛過。

「飛去那裡呢？」這問題一直無人能解。但孩童們總是祝福雁群，期盼牠們飛到一個更溫暖的天地，而不計較飛向那裡？

然而獵人卻知道。我家附近便有兩個年輕獵人，他們都很清楚雁群棲息的地方。獵人擁有一把來福槍，到了夜裡，他們便偷偷地邀了朋友，提著手電筒，穿了黑雨鞋，背著竹編簍子，騎上腳踏車，說是準備「獵雁」去了。

他們很懂得雁群棲息的池沼水澤。我曾聽一個年紀比我大的青年說，隘寮溪後方那片小泥淖裡，經常有散居的雁群。夜裡，只消靜靜地靠近泥淖，輕輕撥開蘆叢，再用強力的電筒一照，雁群便會一時楞住了眼，呆笨的那隻便極輕易捕捉，而靈敏飛散的雁群，只需獵槍瞄準些便可射殺了。

青年講得好輕鬆，但我卻隱隱覺得有些不祥。果然，過了一兩年後，天空下就再也沒有雁群飛過了。

是雁群怕了呢？還是早已被獵光了？不得而知。我只記得讀國中時還看過一次雁，此後便斷了牠們的影蹤，昔日全校師生一齊凝望天空出神的情景，變成遙不可及的記憶。這時天空飛過的，大概只有Ｆ一〇四噴射機強猛的引擎聲，快速、急促、刺耳，和雁群的柔美輕緩恰成明烈對比，叫天空下的小孩看了，人人覺得心有不甘。

不甘心也沒辦法，我曾順著青年說過的池沼去尋雁的蹤跡，但卻發現，大片的河床不見了，鄉人圍起了竹籬，堵住流水，闢出一片沙田，用以種瓜栽豆。巨石纍纍的河谷，清澈的溪水消失了，卻經常漫揚大風狂沙，別說雁群不敢棲息，就連人類都懶得置身其中呢！

那片小泥淖呢？夜裡雁群閉目養神的小泥淖呢？都乾涸了，只剩一灘死水，遍長青苔，飄游著一些不知名的小生物。澤邊，原本翠綠的蘆叢，早被遊客帶來的炭烤、果皮等取代了。以前供雁群棲臥的軟泥沙，如今則佈滿煙蒂及易開罐拉環，那豈不刺痛雁群嗎？

難怪雁群不敢來了。而且，我發現不只是雁群不見了，甚至連昔日常見的老鷹、白鷺、烏鶖，都一一從鄉村裡消失了。

青山中，這片山巒與那個山頭間，以前經常有老鷹盤旋著，舒展著雙翅，翱翔天際，讓人覺得天地好寬闊。清水旁的稻田，時時也會飛過點點白鷺，而枯樹上，則佇停著孤寂的烏鶖，那一白一黑，一動一靜，讓人覺得天地好安寧、好祥和。

今天，老鷹卻只能在動物園裡看到，而白鷺也懶得再倚靠牛背上，烏鶖更早已沒有枯枝可依，都一股腦地停在電線桿上了。牠們都隨著雁群，不知飛向何方？

據報載，每年臺南都會飛來黑面琵鷺，每次都會造成一股賞鳥旋風。這些賞鳥客，除了趕時髦風潮之外，許多人大概是在尋找過往的回憶吧！

他們大概在想念那個不必借助望遠鏡，便可一覽無遺地看遍鳥群的年代吧！阿公時代的雁群、阿爸時代的鷺鷹，如今為何都已割捨我們遠去了呢？他們必然感嘆自然的命脈，已生狠地被我們這一代切斷了。

雁群已然不再，且可以預知地，數年後黑面琵鷺也將成為絕響，消失在地球的這個角落中。彼時，煙囪林立的工廠將一一蓋起，排放的廢氣，勢將嚇走青天的飛鳥，也將染黑飄揚的白雲。

我常幻想，雁群還是有的，牠們依然會從北國南下，尋覓一片溫暖的天地，只是，牠們再也不敢飛越臺灣的上空罷了！可能是繞過巴士海峽，朝著更南的海域島嶼飛去了……

這樣也好。只是不知道那裡的人，是否也有來福槍呢？是否也會在半夜中，狠心獵殺棲息的雁群？而隔天醒來，又得意洋洋地向著無知的孩童，訴說著昨夜偉大的功勳？

盼望雁行千里，只是，這千里飛得好辛苦啊！

又見雁行

自從我來苗栗，已經過六個寒暑了！在這六年之中，我一直試圖在苗栗的天空尋找屬於故鄉的懷念。但，這片天空依然只是白雲飄過罷了！

不像在屏東的天空裡，經常飛過雁群。牠們成「人」字或「一」字的飛翔身影，讓每個熟悉雁影的人都能找到親切的懷念；而那些不曾看過雁影的人，也能依稀從中得到一種悠暢的寄託。這群在天地間徘徊的過客，經常將藍天白雲點染得姿采有生命。

不曾看過大雁飛翔的，或許曾看過奧地利生物學家勞倫茲所寫的《雁鵝與勞倫茲》，勞倫茲用他七十年的研究證明：雁極有情，而且專一，不但從出生起便矢志地認定自己的母親，甚至到了青春期，也忠心不二地對待牠的配偶。這樣對情的執著的生命，叫我們身為人類者欽佩不已。

因此，看到大雁飛翔，一顆心靈更加悠然嚮往了！

不只是勞倫茲證明而已！中國的老夫子朱熹也曾說這種鳥類「性有定偶，而不相亂；偶常並遊，而不相狎」。大意是說雁群會選擇固定的配偶，而不與其他雁鳥相亂；並且，對對佳偶經常攜手出遊，但卻絕對不做出輕侮對方的情事。這樣的講法，與勞倫茲的科學證明完全相同。

那麼，看到大雁飛翔，我簡直就要醉在牠們堅毅卻又輕柔的羽翼中了！

昔日屏東的天空便這麼得天獨厚，因此經常飛來雁群，後來牠們成為每個小孩子的精神想念。我一直懷念當我們看見雁群時，口中隨之而喚出的歡喜讚嘆聲，以及手舞足蹈的狂喜模樣。但可惜的是，自我蟄居苗栗以來，卻從未見雁群飛過。

當然苗栗還是有鳥類飛翔的。例如我家後方田園，昨天就飛來一、兩隻白鷺，牠們悠揚輕飛的身影，飄過現正綠盎的稻浪上，其實仍然令我感動莫名。我也經常看著白鷺的羽翼輕展，大約緩緩拍動四、五次後，便可舒快地滑翔一陣而喜悅不已。只不過，白鷺雖美、雖悠閒，但還是少了大雁的深情哩！

白鷺之外還有幾隻斑鳩，我不知道牠們為何總是喜歡停在我家附近那棵樹上，在那裡呼喚著?彷彿是在祝福天下所有的老人，希望他們老有所終。在古代，斑鳩這種鳥類經常被當成祝壽祥鳥的象徵，當然值得我尊敬。只不過，我卻覺牠的飛翔還是笨重了些，沒有大雁的輕緩了！

此外，苗栗還有許多鳥類，如雀、如鵪鴿、如白頭翁，其實仍然保有山靈的可喜。這也是我為何選擇苗栗居住的理由之一，覺得在生命中能有幾隻飛鳥陪伴，日子當不會無聊乏味！只可惜地，我終於忽略這裡少了排排的雁群！

在二十年前的屏東鄉下，到處可見排排雁群飛過的。牠們經常在你不注意時，便從山地門那端山頭出現，以一隻大雁為首，其他數十的雁隻則依序有致地跟隨在後，排成一個「人」字劃過藍天白雲之中。那時候，我們通常喜歡騎著腳踏車追隨在牠們的雁影下，感受在白日照耀下，一陣灰影穿越你的肩、你的臉，然後以比你稍快的速度趕過你的面前。於是你不禁停下腳踏車抬頭一望了！而這時，彷彿有一陣風聲劃過，你知道那是雁群的羽翅聲響。

不過，小時候讀書不多，當然不知道雁是這麼專情的鳥類，只是童稚的心靈依稀覺得一股莫名的吸引力，從心底深處叫喚著你去為雁群祝福。我記得清楚，從不曾有一個小孩不因看到雁群而欣然大叫的，或許是因為雁群稀少的緣故，所以當牠們一旦飛過，就不禁讓我們放下手中一切，為那有點接近神話般的飛翔而祈禱、而祝福。雁群的飛翔，成了南屏天空一件大事。

殊不知，卻仍有人逐漸不以為那是南屏天空的大事了！有些不良少年，開始拿起獵槍走到山地門的水澤旁邊，獵雁去了。他們經常帶著那種違禁的空氣散彈槍，碰地一聲便射死好幾隻正在睡眠的雁偶，然後得意洋洋地撿起，隔日拿到小孩面前炫耀一番，在小孩們愕訝的眼神中得意離去。

到了幾年前，還有些專門捕鳥的獵人，他們乾脆用網了。原先他們只是要殺一些野味的，好提供山產店屠殺，但到後來，野味愈來愈少，於是他們乾脆趕盡殺絕算了，大雁雖然看起來平凡不怎樣，但愛食的臺灣客還是會嘗試吧！於是，網罟一灑，山地門的天空從此難得再看到雁群！

我不知道這是否也是苗栗難得看到雁群的原因？或許這裡也曾經有過雁群的，牠們可能飛過苗栗的觀音山，往南一直飛到屏東的大武山也說不定，只是我無緣得見罷了！因為從屏東近年來的教訓，我知道要再看見這種多情的鳥類，已變得有些奢侈！

於是我惆悵的心情又在山地門徘徊，這裡是臺灣魯凱、排灣族分佈較多的原住民區，也是南臺灣一個有名的山水景點。然而，不知道從什麼時候開始，這裡竟出現好幾家的山產店，裡面價目表上盡是寫著令人怵目驚心的山禽名字，而店門外則是一籠一籠的、五彩六色的、神色有點盲盲亂亂的禽鳥，讓我的雙腳再也無法佇足！

但這裡卻遊客繁多，讓人懷疑他們究竟來此遊山玩水，抑或大吃特喝？然而，我又能說什麼呢？終究我的腳步還是一踏，只能離開山地門到那段以前走過的熟悉馬路，多慾的心，開始試圖尋找一兩隻飛過的雁鳥。

一兩隻就好了！因為我已不敢奢求是一整群的。因為裡面可能已有一隻公雁已被獵槍射下，那麼另隻母雁勢必也不太想苟活了；因為裡面可能已有一隻小雁已來不及成長，那麼牠的母親又怎能安然地飛翔呢？

因此只要讓我再看到一兩隻就好了，在這個有點近於無情的社會，這樣已是最大的想念。只不過，雁終究不飛了！苗栗的天空終究只剩白雲一片！

於是我只好踏著多愁的腳步回到屏東老家，但這一夜裡，我想我是睡不著覺了！我起身徘徊在大庭前，這片大庭，以前曾經飛過無數雁群的。然而，此時大庭前也只剩苦悶寧靜而已，頂多只是偶然傳來一兩聲碰撞的麻將聲！那種氛圍讓人覺得有些沈重。

但奇蹟似地出現了！我彷彿在耳後聽到一股熟悉的羽翅拍打聲響。童年的記憶一下將我拉回二十年前的時光，我帶著一些懷疑、一些肯定地猜測著：這是雁群無疑了，牠們怎麼又飛來了呢？而後，我有些心驚地抬頭一望——真是雁群哪！

約莫是數十來隻，仍然是呈「人」字地飛過我的頭上。二十年了，牠們飛翔的姿態依然不變，仍是這樣輕緩悠閒，即使在夜間也讓人感受生物的美好。因此我想，牠們專情的性格也依然未變吧！勞倫茲生物學的定理告訴我們，雁是不變的呀！現代如此，宋朝的朱熹也如此，而千百年後都將是如此啊！

只不過，這雁群是否能有千百年呢？

因為我看這群夜裡的雁鳥，牠們飛翔得似乎有些落寞。因為今夜沒有明月，只有幾顆閃閃的星星，映在雁背上呈顯了淡淡的慘白，朦朧之中，我彷彿看到每隻雁鳥都不是頂暢快，似乎在牠們的眼中還有些許淚珠哩！那像在告訴我們：在夜裡飛翔是件多麼無奈的事啊！

能不在夜裡飛翔嗎？能在夜裡安穩睡覺嗎？獵人的槍是不留情的啊！當你熟睡，恐怕是注定生命的斷亡呢！於是幾千年來不變的雁鳥個性，如今終於因為科技獵術的進步而不得不改易了！勞倫茲看到，或許也要一掬傷心淚吧！科技文明的進步，反倒無法使我們更尊重自然，反倒使天地之間無法更加和諧。那麼，朱熹啊！你叫雁群怎麼辦？

無法怎麼辦，只能偷偷飛翔了。我不知道雁群是否有夜裡飛行的習慣，但這一夜，我的心情實在無法找到定位，只能望著慘白的雁影在我眼前飛過，而後在翅聲平息時，天空仍舊只剩暗淡的星兒點綴罷了！那雁群，不知往那裡飛去？

以下的千里飛翔路，將是多麼辛苦！

我在想，苗栗可能也是有雁群飛過的，只不過牠們可能也是選在晚上飛翔罷了！因為怕白天的臺灣人啊！所以如果我要找尋苗栗雁群的影蹤，也應在偷偷無人的夜晚！

這有些無奈，但又能如何？只能依舊滿心祝福這群雁鳥罷了！願牠們的天空能夠永遠地清澈；願牠們這趟千里的飛翔能平暢無礙！這將是人類最大的想盼！

麻雀

起初，窗前飛來一隻麻雀時，我還不甚注意牠的到來。及至後來三四天裡，這隻麻雀始終日日跳響在窗櫺上，我便無法讀書做事了。

這隻麻雀總在清晨八點飛到辦公室的窗前，停在窗前的水泥平臺上，不安不靜地跳躍著。一邊跳躍，一邊發出啾啾的叫聲。並且，靈動的雙眼總是不停地左右搜巡閃眨，好像在探覓什麼似的？那模樣，令人忍不住對牠多留意一眼。

等你留意牠的時候，你便發現這小生命活潑極了。在那面長不及三尺，寬約一尺的水泥平臺上，這隻麻雀不只又蹦又跳地毫無拘礙，甚至有時還趁你正看牠一眼的時候，便瞬地一個淩空起躍，雙爪穩穩地抓住窗邊的牆角，頭下腳上地英姿挺挺，而且還不忘回頭對你露出嘻嘻的微笑。之後，當你正笑牠的痴時，麻雀又再一次一百八十度大翻轉，改成頭上腳下，像表演特技似的又穩穩攀住，眼睛凝望青空若有所思，全不理會我的注視。小平臺對這隻麻雀而言，其實就和個大世界沒什麼兩樣，簡直空闊無比。

幾天下來，我很肯定那是同隻麻雀。原因在牠的長相，牠的叫聲，以及牠的一舉一動。先前我當然分不清每隻麻雀的長相，因為都同個模樣。不外是褐色的羽翅，輕靈的背膀，巧活的雙爪，再配上一只短喙，不休不竭地啾啾叫著。然而，三四天後，我便肯定那是同一隻麻雀了，只因一般麻雀的褐色頭脖上，都會有一圈白絨的羽毛，而窗前這隻麻雀的白羽寬度則明顯地比其他麻雀窄些。當然，這是其次，認牠主要更在那雙眼睛，靈靈動動地，就像要和你訴說些什麼似的？

只是，這麻雀無法說人語，於是牠只好藉著啾聲表達。啾聲可分長短急緩。長的，一陣輕脆連綿不絕，約略是在訴說情緒的愉悅，或是叫喚春日的美好；短的，吞吞吐吐持續而來，大概在於表達內心的沈思，或是探索事物的新奇；急的，鏗鏗鏘鏘擊個不止，似連珠而發，無法停歇；緩的，卻又柔柔汩汩流個不斷，反而不似刻板印象中的麻雀了，倒有些悠閒，如白鷺，如烏鶖。

各式的啾叫聲連著長相而來，牠的一舉一動便開始是種趣味。其實牠毛毛燥燥的，但有時卻又裝出一副穩重模樣；牠也呆呆憨憨的，卻又不時表露一副成熟姿態。於是，當兩種性格極不諧調地出現在同一副軀體時，那便是滑稽。這在審美上是種極高的愉悅。

你能說麻雀的跳躍不美嗎？很難的。至少牠這麼輕輕一跳，定然就要逼得你放下手中雜務，專心地看牠，然後從牠身上，喚起一堆往日生命中的美感。

我先想到的是一群麻雀，一整群地，大約數百來隻。牠們總在清晨五點及黃昏五點叫喚著我。

那時我孤身一人住在中央大學文學院的研究室裡，沒有鄰居，唯一相伴的只有研究室前一棵大榕樹。此外，就是每日棲飛在大榕樹上的這群麻雀了。而通常地，天尚未亮，陽光還捨不得露出山頭時，麻雀便來叫響了。我不知道牠們是否曉得我在這研究室居住？只知道每日清晨這個時刻，榕樹上便傳來綿密急雜的雀語，紛紛亂亂之中傳述一個齊整的意念，便在告訴屋內的這個懶人：大好清晨到了，怎地還在睡夢啊！

一長串的雀語，讓你不好意思再睡下去的。唯一能做的事，便是拖著慵懶的腳步，走出室外，仔細地瞧瞧牠們。然後尚且還帶著些嗔罵望著牠們呢！一下子慵懶卻早已變成清醒，喝的一聲，一天開始了。

昔日的農村，村民大概都是這樣被叫醒的吧！老天爺總是賦予萬物一個自然規律，而這貝喚人起床的時鐘，自然便是麻雀的叫語了。雀語甚至比雞鳴還準確，因為雞鳴有時尚且分不清半夜中夜的亂啼，然而雀語一來，你看看手錶，正好五點十五分，一分也不差。不信的話，下午還有一場，也是五點十五分，那大概是通知你：該放下工作了，到戶外走走吧！或是散步，或是騎車，但請別是工作。

我住在研究室那段期間，下午經常讀書讀過了頭，幸好多虧這群麻雀，牠們總是準時的到來，和著徐徐吹送的清風，伴著漸漸西下的夕陽，一股腦地將我讀書的念頭打得一乾二淨。那漫空的啾叫雀語，會讓我覺得讀書是種浪費，於是趕緊闔上書本，再到室外看這群麻雀。

這時夕陽將下，榕樹暈暈淡淡地染上一層微黃，風淡雲輕，有些蕭索，因而每每惹我愁緒生發。幸好那數百的麻雀身影，總壓得那棵大榕樹的枝條起起伏伏，進而讓整株榕樹像動了開來，而榕樹一動，整個文學院便也就跟著活了起來。蕭索被趕走了，雖然日落西山，但天空下依然活潑生氣。

每日清晨與黃昏，我與麻雀的生命便是如此調和無間，清清爽爽地渡過近年的時光。只不過，清閒讀書的日子總是不能永久，當我年紀再稍長些時，便搬離了研究室，割捨這群為伍一年的麻雀，投入另個社會工作了。幸好地，臺灣四處可見麻雀這種鳥類，因此縱然我現時居寢的是間平凡的公寓，窗前沒有大榕樹，只是面鋁窗平臺，但牠們卻依然不辭辛勞地來到。仍舊停在陽臺上叫個不止。熟悉的串語，不禁讓我猜想：這是否就是原來文學院的那群麻雀呢？

我戀舊的心，無寧願意相信。因為住在城鎮裡，唯一能相伴的便是麻雀了，不像昔日在鄉村，有白鷺鷥、有青笛子、有黃鶺鴒，五顏六色地叫人心發狂。在這城鎮裡，便只這灰褐的麻雀了，牠們竟是如此死心塌地的朋友！無論世界如何轉變，隨時都在你左右。

只可惜地，眾人似乎都嫌煩麻雀的。下田的人嫌牠會吃稻穀，導致農穫不豐。而貪睡的人則嫌牠吱吱喳喳，使得清夢被擾。賞鳥的人更嫌牠體態平凡，數目龐大，構不上觀賞的價值。甚至一些饕客竟說，麻雀肉質不美，比不上伯勞鳥香甜呢！

列了這麼多的嫌煩，我倒真為窗前這隻麻雀叫屈了！其實，牠理應是人類最好的朋友才是啊！麻雀，牠的俗名叫「厝鳥」。鄉村的屋簷，那能少得了牠？

我不禁又憶起昔日我家的紅瓦厝。厝簷下，不論四季總有一群麻雀棲息著，除了也定時來叫喚我家人起床外，更是隨時隨地都跳響在前後院裡，在前院裡陪我們幾個小孩跳房子，在後院裡則陪著母親捆草茵。小孩跳一步，麻雀便也跟著躍一步，直到有時被我們擠得沒地方可躲時，才又忽地淩空一個大翻越，越過紅瓦屋頂，瞬地又翻到了後院裡母親的跟頭前，呆頭呆眼地在草茵堆旁跳晃。只是母親從不理這群麻雀就是了，她只是認真地捆著草茵直到太陽下山。

這幕情景對於童年的我，每天都悄悄地上演著，平凡而單純，以致令我不曾去思考其中流露的意味與美感。如今長大成人，再遇見窗前這隻麻雀時，才忽然想起：原來厝鳥和人類太過親近了，所以人類便始終察覺不到牠的重要！

例如孩提時代的我，例如捆著草茵的母親，都不曾察覺麻雀的親切，而直到長大成人了，才發現如今的小孩跳房子時，沒有兩三隻麻雀在身旁跟著跳躍，是多無趣的事啊！直到母親去世了，後院不再有人蹲在那裡捆草茵時，才發現後院裡的確少了件東西。究竟少了些什麼？理一理思路，發現竟然是麻雀。

就如現時窗前這隻麻雀，起初飛來時，我竟依然地察覺不出牠的重要，只道麻雀再平凡不過，何足為奇？我倒還盼望有一兩隻白鷺鷥或是黃鶺鴒能來到窗前呢！但那不可能地，因為白鷺鷥永遠屬於水田，而黃鶺鴒則永遠屬於青山，無論如何，牠們是不曾想過來到平凡的窗前與人為伍的。只有麻雀，永遠不知平凡為何物？只知死心塌地陪在人們身旁。縱使你仍不注意牠的到來。

幸好，兩天後我便恢復了昔日的鄉懷，留意起這隻麻雀了。並且，怎麼看怎麼可愛。看牠雙足點地，一蹦一跳便有如彈簧飛騰；看牠雙眼斜倚，一眨一閃便有如明星閃爍；看牠雙翅輕展，一拍一打便有如羽翼登仙。萬物的美，其實便已紮紮實實地匯集於眼前這隻麻雀身上了。

況且牠似有性靈一般。有時候牠見我把目光放在牠身上時，還會故意地逗我呢！一顆小腦袋瓜，在窗櫺木縫間鑽來晃去，便似引誘我留意牠一般。而當我看牠看得出神時，牠又一個狡黠的振翅，穿越木櫺，凌空飛到牆角上攀吊著，讓你永遠都摸不清牠的思路！

我的確相信鳥類具有這種性靈的。昔日我曾養過一隻玄鳳鸚鵡，從孵出不久便開始養牠，而直到牠羽翅豐厚飽滿時，早已和我建起不渝的情懷。有時候，牠總愛逗我，故意不吃飯，讓我為牠擔心，而正當我對牠露出關心的神色時，牠卻又一聲輕鳴地飛到一角，並露出得意地笑（的確是笑啊！）而且還緩緩地披起翅膀，慢慢地蓋住頭臉，只是有意無意間露出雙眼，不好意思地又對我笑了笑。

這事講來，許多人總不相信，但我也不多辯駁，只因會意純在己心，說與他人知道往往只添沒趣罷了！就如現時窗沿這隻麻雀，我與牠的會心，說給同事聽，同事也多半訕訕一笑，提醒我不必多說了。

幸好有個同事是有心人，聽我一說便極相信，趕忙地從他的辦公室來看這隻麻雀。而兩三天後，他也相信這是同一隻麻雀。因為這位同事的音感較好，他很肯定地說：每次聽到的叫聲都是一樣的。

當然我們聽不出麻雀想表達什麼，我只是藉著麻雀的到來，欣賞牠靈跳的身影，再陪伴著多情的啾聲，順道讓我的視線穿透窗櫺，凝向遠方。遠方，是一排的綠樹，綠樹的更遠處，是一排青山。這些，以前我極少留意的，幸好藉著麻雀，又將綠樹青山給貫連了起來。並且，貫連的或許不只青山綠樹而已，怕不還有許許多多童年的回憶吧！

窗前這隻麻雀，一來便是一整天，牠總是陪我到下班為止。就像以前我住的研究室那數百麻雀，就像家鄉紅瓦厝下的三兩厝鳥，總是無怨無悔地守候，直到你已不記得牠了，牠仍一樣忠心地跳響著。

這幾天，麻雀似乎又引來了一兩隻伴，有一隻頸脖的白羽多些，另一隻則腹前的黑點多些，不過都是一樣活潑靈動。一個小平臺來了兩三隻麻雀，誰都可以想像熱鬧得不得了，幸好我這辦公室只有我一人而已，否則，誰還有心緒辦公哪！

無法讀書做事了，只好鎖上書本，闔起卷宗，安靜地看牠的身影，仔細地聽牠的鳴叫。心中默默祝福：願世間所有的陽臺牆角上，所有的紅瓦簷廊下，永遠都有這群親切的麻雀跳響著。

白鷺鷥的家

在大部份的臺灣人心目中，白鷺鷥可稱是最親近的鳥類，有了牠們，這塊土地因而不寂寞、不冷清。只是最近我的心頭一直浮現這樣的問號：白鷺鷥的家究竟在那裡？當人類文明的高樓大廈一一築起後，白鷺鷥是否也有棲息的處所？

白鷺鷥的家原先是屬於一大片樹林的，這是三十歲以上的人們都曾有的印象。例如我當初就讀的中央大學附近便有這麼一片樹林，有個五、六十歲的老翁，應有的財富他都不缺了，於是老翁就在新屋附近種植一大片果林，為的便是提供白鷺鷥棲息的處所。而有接近數百來隻的白鷺鷥，後來也就放心地棲息在老翁的果林裡，這種人類與鳥類之間和諧的畫面，教我這他鄉的學子感動不已。

那時候，到白鷺鷥果林成了我生命中一個重要的佇足點。經常地，邀幾個知心朋友，甚或是獨自一人，騎著腳踏車就會不知覺地走到這裡。而還沒到哩，卻早已看到園外天空中滿是飛翔的白翅了，牠們在天空悠揚輕緩的姿態，讓我覺得那真是人間大美。而等到你真的走到果林附近時，一時之間眼睛卻又目不暇給了，我從來沒有看過那麼和諧的畫面。

而我想，這大概也是老翁種植這片果園的用心吧！因此當果樹成林時，老翁就也不急於採收整枝了，因為怕一分多餘的人為動作，便會破壞這天地間再寧靜不過的畫面！而當我走到這片果林附近看到白鷺鷥的姿態時，我又覺得老翁真是擔心過分了，因為看那些白鷺鷥的眼神，其實牠們早已知悉老翁的心意了啊！否則那能這麼輕閒地踏足在林枝梢頭呢？

後來我聽人說，當遊客走到這片白鷺園時，成百的白鷺鷥都會一時驚飛離去，但就唯有老翁在園中時，白鷺鷥卻依然安詳如昔。這樣的說法，讓我不禁想起那個民間故事：兒子整日在海邊與鷗鳥玩耍一處，無分彼此。有天兒子的父親希望兒子能捉幾隻鷗鳥回家。但後來當兒子到海邊時，鷗鳥卻無論如何不肯飛下來了！

我極喜歡這個故事，並認為它很清楚地說明現在臺灣與生態之間的平衡關係，此中就是一種互相依賴、互不干擾的關係罷了！就如那個果園老翁，他之所以能取得白鷺鷥的信任，倒還不在於提供一處棲息的處所，而在於一顆永無干擾的心靈啊！而白鷺鷥之所以選擇其餘的林園不住，當然也是信任老翁愛物的心意啊！否則，學校更遠處的那幾許稻田裡，為何經常不見白鷺鷥的蹤影呢！

眾所皆知，白鷺鷥的身影原先是屬於翠綠的稻田的，在臺灣每處鄉野裡，都有這樣協調的畫面；一片漠漠的水田，灌溉水正引進來不久，將翠綠的稻苗身影清清楚楚地映在水田裡時，羽翅白晰的鷺鷥身影便跟著來了，牠們緩緩地將長長的雙足點踏其上，於是大地之間一時變得溫暖了，於是稻野之間一時成為我所思念的對象了。

所以要找尋白鷺鷥的家可以向稻田裡尋去，只不過如今當你要再覓白鷺鷥的足跡時，卻經常需要一點運氣！原因我不太清楚，不知是白鷺鷥的數目減少了呢？還是牠們從此不再喜歡稻田了？我想後面一個因素不太可能，數千年來白鷺鷥的習性不會忽然改變的，那麼，可能就是前一個因素了。然而又是什麼原因讓白鷺鷥的數目減少了呢？

這可能是許多田園生物學家所急欲探討的問題，而後來他們提出的答案則多半不出工業污染、生態改變等因素，逼迫自然界生物無處可躲，只好以生命的銳減來向工業文明抗議了。

但抗議經常無效，臺灣社會工業的發展，已演進到我們無法控制的地步了，那你又怎能要求白鷺鷥那長喙能多說些什麼呢？牠們唯一的方式，便是再找尋像老翁的果園那樣的樹林了。只是，如今那樣的老翁再也難以找尋！一種與萬物和諧並存的襟懷，在天地之中已成為無可企求的夢想。那麼，白鷺鷥當然無家可歸了！

所以你要尋覓白鷺鷥的家，經常要靠運氣。這些年來，我嘗試在每個走過的地方，稍稍留意白鷺鷥的腳蹤，卻發現最奢侈的時候也就僅能看到數十來隻罷了！要再找尋昔日那數百來隻的盛況已不復可得。

十數來隻的白鷺鷥身影還可尋得到，乘坐火車時，只要不貪車上睡眠，而將眼神隨著車窗的移動稍加留意的話，當不難發現鐵軌兩側的稻浪裡、在藍天之下，構成一種既搶眼卻又柔順的畫面。牠們或是點足其上，或是埋首覓食，總讓原本寧謐的鄉野一時又活潑起來。這是十數來隻的白鷺鷥身影！

當然，我也曾見過比十數來隻的數目多的景象。那是有一次到屏東滿州的南仁湖時遇見的，這是一處臺灣僅剩的原始湖了，在湖的那岸，我的足跡無法涉到的一片樹叢裡，此刻便有數不清的白鷺鷥正棲息著，牠們那靈動的身影，雖然遠觀有些模糊，但你很清楚地知道牠們正在交談，或是傾語，反正人類所有的舉動，在這群白鷺鷥身上一一得以發現。這片白鷺鷥族群，多麼值得我們引以為喜！

不過，南仁湖終究只剩下一座罷了！其它的湖泊終究還是無法發現這麼自然的白鷺群，我經常走過一些小水澤，所看到的鷺鷥眼神經常有幾許愁悵落寞。而我原先不相信鳥類竟也會有這樣的表情眼神的，然而，再看看白鷺鷥腳下的廢水汙泥時，再看看澤畔堆積淹塞的垃圾時，我終於明白為什麼白鷺鷥也會流露遺憾的表情！

白鷺鷥的遺憾不言可知！但你一點辦法也沒，只能感嘆人類能力如此之薄渺，竟然連提供白鷺鷥安棲的處所的能力都做不到，竟然連想看看數百來隻的白鷺鷥身影都成為一種企求、一種夢想！

所幸的是，這種企求夢想還是可能實現的。當我遠離那個老翁果園十餘年後，當我離開南仁湖的白鷺群後，有一天行走在屏東家鄉時，居然又發現上百隻的白鷺鷥身影了，這時牠們就在村裡附近的稻田裡、蔗田邊徘徊著，讓我一時呆住雙眼，心下一直慶幸這片土地還是擁有無限的甜蜜。於是我停下了車，目不轉睛地注視著牠們，那一個下午，我覺得愉悅極了！

當然，我知道這可能只是運氣罷了！我明白牠們的行蹤是我無法預料的，或許牠們又要再去找尋一片果園棲息，或許牠們又要去尋覓一處無染的稻田覓食。總之，我軟弱的心靈經常不敢多想！剩下的還是盼望而已！

我不禁又想起二二八受難畫家陳澄波的一幅畫——〈淡江中學〉。畫裡便有幾隻亮眼的白鷺，這在陳澄波的畫中是少見的，因為陳澄波在描繪這片土地時，經常選擇厚重的筆觸，渾茂的油彩，藉以歌頌臺灣的樸壯。但是在〈淡江中學〉裡，陳澄波卻放進了七、八隻白鷺鷥，顯然他也發現這片大地是需要白鷺鷥的，所以他在畫後講了這樣一段話：「〈淡江中學〉裡以兩三個人物做為點綴，在田野裡還加上白鷺鷥，使整幅畫顯得活潑悅目，全畫的精神中心便在此，這是我努力的結晶。」

在這裡，人與白鷺鷥同樣成為這片大地的精神中心。然而，如今人們卻佔領了大半的土地，但白鷺鷥呢？牠們竟無家可歸了！當初陳澄波畫〈淡江中學〉時約是一九三六年，如今過了六十年後，假如使陳澄波復生，他大概也無法再畫出這麼動人的畫面了，因為白鷺鷥已遨，因為人類已超越一切而主宰破壞大地，因為白鷺鷥的家已不知遠在何方？因此，假如我們在這個工業冰冷的人間還想要擁有絲毫美感的心靈的話，那麼尋找白鷺鷥的家恐怕成為最刻不容緩的事情！

白鷺鷥的家當然還是在的，雖然牠們可能是以流浪的心情在每處山野草澤間渡過，但無論如何，白鷺鷥到了夜晚還是要棲息的。因此，當你到白鷺鷥的家時，莫讓喜悅的心靈轉化成破壞干擾的呼喊讚嘆，而是自然地、協調地與之相處一塊，那才是真正的人類與白鷺鷥相存之道啊！

或許我更加盼望：能多出幾個老翁，種植一片不為營利的果園，讓白鷺鷥棲息時能真正地放心；或是多出幾個老農，保留下鮮翠的綠稻田，讓白鷺鷥悠游地踏足覓食，畢竟，再不做的話，可能連眼前現下的景物都將成為回憶了！

山上的伯勞鳥

每年秋冬交替時節，屏東大武山上便會傳出陣陣的伯勞鳥叫聲，讓你走經漫長芒草的山道時，不知是喜悅？抑是悲淒？

其實，伯勞鳥的叫聲粗雜難聽！比不上黃鶯兒的輕脆響亮，也不及翠笛子的清麗高吭，甚至連尋常窗前麻雀的唧唧嘈雜都要親切許多。在眾多鳥類裡，伯勞鳥的叫聲是沒什麼美感！但不知怎地？每次我聽到伯勞鳥那種粗雜難聽的叫聲時，心裡總會狠狠地跟著震撼顫動！只要一聲，就馬上將我拉回時空的記憶之中。在眾多鳥類裡，伯勞鳥的叫聲最令人驚心。

三十年前，大武山下的居民們，那戶人家不曾吃過伯勞鳥呢？

那時臺灣的經濟尚未起飛，百姓們依舊過著刻苦勤儉的農家生活，雖不致於天天吃不飽，但菜餚還是以青菜、醃漬為主，吃肉仍為過年過節的夢想。然而，一年之中，總會從某個不知名的地方飛來一大群伯勞鳥，成為人們捕捉、塞填牙縫的最佳獵物。

大武山下的人家，一直到南屏恆春一帶，幾戶人家便有一戶會到山上捕捉伯勞鳥。每逢伯勞鳥成群飛來時，好多青年便忙著到山上砍劈竹子，做成「鳥仔斬」，一戶總會準備數十枝，佈在山上、林間、田裡，到處都是鳥仔斬的影子。任憑伯勞鳥飛翔的能力再好，也躲不過天羅地網般的斬鳥器。

我住的村裡那些遊手好閒的青年們，最熱衷的便是上山捕伯勞鳥了，他們總是成群結伴，每人身上都帶著十數枝鳥仔斬，上山後研究著伯勞鳥最可能出沒的地點，討論著佈點的技巧，怎樣才能捕捉得更多？捉回村裡，多麼有面子！

真的，三十年前還沒有保育的觀念，人人都認為捕伯勞鳥、吃伯勞鳥是天經地義的。村民的信念很單純：既然老天爺每年都讓這群伯勞鳥飛來，註定是要讓我們吃的，況且，如果不吃牠的話，過了產卵期後，伯勞鳥的頭裡便會長滿蟲子，漸漸地也會死去，那麼又何必浪費呢？

於是當青年們帶著鳥仔斬下山，在街上發出伯勞鳥淒苦的叫喊聲時，卻看到有幾戶人家露出愉悅的笑容了。那種面對生物即將死亡的笑語，我如今想來依然心驚不已！想不懂為何人們那麼喜歡吃伯勞鳥？

我的父母便從不做這種事。那時我家後面的表哥叔伯們，每天都會趁農忙完後，到山上

「採收」捉到的伯勞鳥，幾人合力之下，每次總會帶回數十隻的伯勞鳥。而鄉下居民總是親切可喜，他們認為伯勞鳥是美食，不應自家獨享，而要分送左鄰親戚，所以他們提著一串活生的伯勞鳥，帶著喜悅的腳步走到我家了，遠遠地，就可聽到伯勞鳥「給、給、給」的粗雜叫聲。

我至今難忘那種叫聲，並因為是連同看到表哥叔伯們的笑容而來，所以更加難忘！不過，慶幸的是我家從來不曾大肆地將伯勞鳥烹煮來吃，而總是將伯勞鳥掛在廚房一角，敷衍地說著道謝的話。印象中，不曾將這群鳥兒開膛剖腹過。後來，我也不清楚這些伯勞鳥都到那裡去了？是父母又轉送給別家親戚了呢？還是又讓之放回山林之中？總之，我經常在隔日一覺醒來後便看不到伯勞鳥的身影了！

但縱使如此，我如今寫來依然手顫不止，因為童心未泯，雖然父母教導愛惜鳥類，但我們卻不禁手癢地撫玩著掛在牆角的伯勞鳥。幾個小孩子，總是每人提著一隻伯勞鳥，用拇指及食指捏著伯勞鳥頭額上的羽毛，接著伯勞鳥就會左右轉動著身體，並且發出粗雜的叫聲。經常比賽誰手中的伯勞鳥叫聲最大？而引以為樂。這段童年憶往，叫我如今想來手顫不已。

後來長大些時，家裡就不再有伯勞鳥的身影了，或許親戚們都知道我們不吃伯勞鳥，所以也就懶得送給我們。但記憶中，有許多夜裡，當我們在靜涼的庭院乘息時，總還會聽到各處傳來的伯勞鳥叫聲，「給、給、給」，讓人一夜都得不到好心情。

因此，在所有鳥類裡，伯勞鳥的叫聲最讓我難忘，那已經不純粹是鳥類的叫聲了！還摻雜著人類的惡慾與貪痴在內，我很難明白，為何鄉人把吃伯勞鳥看成那麼自然平凡的事？

其實我很愛我的鄉人的，他們是那麼勤樸，每天趕著牛車上田時是那麼刻苦的生命，無時無地都散發著鄉野的壯厚美感。然而，為何每年伯勞鳥飛來時，他們竟又捕捉地那麼賣力，似乎從不曾認為這是一件殘忍的事？或許，真如一些鄉人所說：這是伯勞鳥的劫數，不吃的話，伯勞鳥的頭也會長蟲，也會死去！

但無論如何，這解釋無法令人滿意。而幸好地，後來臺灣經濟逐漸成長，讓人們變得比較繁忙，無暇再到山上捕捉伯勞鳥了。所以在村裡的小巷中、庭戶前，也就很少再聽到伯勞鳥的淒苦叫聲。讓我幻想著，或許山上此時正紛飛著漫天的伯勞鳥吧！牠們選擇在臺灣產卵繁殖，應是這片山靈的幸運。縱使牠們完成任務後依然會死，但死得也是很莊嚴。

然而，雖然我的鄉人們不再捕捉伯勞鳥了，然而經濟起飛的結果，卻造成人類貪婪的性格與日俱增。當我們已經天天都有大魚肉可吃時，卻將凶狠的目光投射到山禽野味了，而每年飛來的伯勞鳥，成為饕餮客的最愛。伯勞鳥依舊躲不過慘死的命運。

青年時代，我每次走在南屏東的路上，總會看沿路都是烤伯勞鳥的小攤子，燒烤的火燄，總是瀰漫天高，裊裊地散入青空之中。尤其是恆春海岸觀光地，攤販之多更是令人怵目驚心，幾乎是三步一攤，一望無際地排列在碧藍的海岸邊。有的是露著油膩大肚的老闆，他們總是一邊叼著煙，一邊用刷子熟練地在伯勞鳥的軀體上刷過；有的是頭上蒙著布巾的婦人，她們用著尖利的竹籤，「刺」的一聲便穿過伯勞鳥的肚胸。他們的動作是那麼純熟俐落，讓我今日回想起來心痛不已！

直到十年前，恆春一帶燒烤伯勞鳥的風氣依然盛行，讓人們很難想像這裡居然是民歌手陳達的故鄉，也很難想像這裡曾經高唱著溫柔的月琴曲調。只看到一批批的觀光客的腳步來到，他們原本是要來看海的，卻總不忘在伯勞鳥攤前佇足下來，先吃一隻燒烤再走吧！他們原本是要來探覓古老的風情的，卻發現伯勞鳥攤前的遊客最多，月琴曲調反倒成為絕唱了！

我有一次到恆春找朋友玩，他馬上帶著我到他家後面的田裡，指著我看佈滿四處的鳥仔斬，並無力地說：「最近警察抓得很凶，鳥仔斬的盛況不如從前了，有時店裡的伯勞鳥缺貨，都要從你們大武山那裡補貨呢！」一語畢，聽得我心憂不已。

於是我急忙回到大武山了，這個我童年時砍柴的地方，隨處都是伯勞鳥的叫聲。小時候父母要我們比賽認鳥叫聲，我最清楚的就是伯勞鳥叫，那麼易認，所以也就對牠有著一股額外的親切喜悅，反倒不認為粗雜難聽了！然而如今我再來到大武山時，卻發現山靈空盪，要聽伯勞鳥的叫聲成為奢望！

只有偶爾傳來一、兩聲，稍稍撫慰愁緒的心靈。我不禁感嘆，昔日四處響起的伯勞鳥叫響。如今牠們究竟何在？

是被左鄰右舍又偷偷地捕捉去了呢？還是被運到恆春，供給觀光客填腹去了？總之，大武山上的伯勞鳥的蹤影，逐漸變成記憶中的時空片斷罷了！父母將伯勞鳥掛在牆角的情景，幾個小孩玩弄著伯勞鳥的額羽，以及我的鄉朋們殺伐中的憨笑聲……

但這一切組合起來，竟是一種莫名的惆悵，我多麼盼望能再聽聽一、兩聲那粗雜的叫響啊！

我不禁想到《詩經・七月》中說：「七月鳴鵙，八月載績。」「鵙」就是伯勞鳥。這首詩是說當山上傳來伯勞鳥的叫聲時，便是民間要忙著紡織的時節了！這是多麼純樸恬靜的農家景象，又是多麼美好啊！然而今天當我們再聽到伯勞鳥叫時，是否會拿起針織，替家人縫補衣物呢？似乎不太可能！伯勞鳥的叫聲是多麼令人懷念啊！

如今我客居他鄉，偶爾在平日上班的路上，或是寓居的窗臺前，還會依稀地聽到一聲類似伯勞鳥的叫聲。我總是很得意地向妻說：那就是伯勞鳥的叫聲，雖然看不到，但我確信一定是伯勞鳥。

妻總是笑笑說我又不是鳥類專家，怎麼如此確定？然而，我相信我的耳力，不會錯的。並且，縱使是錯的，我也依然相信那真是伯勞鳥。因為我是多麼盼望人們不要再捕殺伯勞鳥了啊！讓我們還能聽聽伯勞鳥的叫聲，還能有段美好的記憶時光吧！

我有時會回到大武山上，漫步在開滿芒草花的山道，找尋著一、兩聲伯勞鳥的呼喚，但我的心情不知是喜悅呢？抑是悲淒了！

田園交響曲

每年到了初秋時節，苗栗的土地便會呈現豐富多彩的景象，有顏色，更有聲響。就拿我家屋後那片田園來說，此刻就會響起許多輕妙的樂章，讓我每次踩踏其上時，不覺中便會想到貝多芬〈田園交響曲〉，在貝多芬的交響曲中，〈田園〉是最溫暖的一闋了。相同地，我也認為臺灣土地最溫暖的就是田園。

田園裡最重要的就是翠綠的稻田了。我總覺得臺灣這片土地因為有了稻禾而豐碩珍貴，因此它所發出的聲音也最為迷人，我每每會在清晨時分與妻攜手漫步其上，感受稻田無比豐富的變化聲響。在這個多風時節，田裡的稻子大約已經長到兩、三尺高了，並且結出累累的稻穗，千株萬株穩穩依附在水田中，將這片土地展現得豐實飽滿，而假如這時有一陣風吹來，它便開始娑娑作響了。

這種娑娑的聲響是很結實地，因為每株稻穗依伴地非常靠近，再加上稻葉本身的粗糙表面，所以就算只是微風乍起，也依然讓人感受一陣舞浪迎面而來。接著，你便發現原本如同織錦般的綠色綢緞，此時順著風勢而左、而右地傾斜，在漫漫藍天下，形成小波浪般的翻滾。

這種小波浪當然是吹著微風才行，若是大風吹起的話，那整片稻田就要醉得有些不像樣了。例如最近幾日不知怎地，老是風狂不止，並且風向不一，害得那些稻穗不曉得怎麼辦了？有些向東狂倒，有些迎西亂彎，而當風更大更集中時，還在整片稻田上吹起一個大凹洞，所有的稻穗紛紛向四周狂傾。而這時，稻田裡的聲響也最難分辨，彷彿如無數的樂章正同時進行交響著。一會兒是窸窸娑娑，一會兒是虎虎吼吼，極盡變化之能事，恰如懷素寫草書時，瘋顛狂亂的散髮一般。

當稻田被風吹得這樣的聲響時，你同時會發現天上的雲彩也開始不那麼柔順了，總也是積捲得團團亂亂，那烏雲，那白雲，那彩霞，將原本的藍天遮得只剩一點露在外頭，這樣狂亂的色彩，恰好與土地翠綠的稻浪相映成趣。此時稻浪上的飛鳥大約也不見了，牠們可能躲到稻田旁邊的竹林裡了，而原本幾隻可以輕盈踏在稻葉梢上的麻雀，這時也不知道飛到了何方？

不過，通常過了這陣狂風的季節後，另一季的新苗大約也就悄悄地上場了。我們的農夫總是辛勤得很，當收成之後接著就是另個開始的播種。而這時的稻田，我認為是最寧靜的時候，當然地，稻苗所發出的聲響也是最為柔軟。

如果你不仔細感覺的話，是聽不到稻苗的清音的，但你會感受到那片柔軟的黑土地上，這時灌進來一道活水清流，將整片田地漫成一片平滑大鏡，並把稻苗的纖秀身影映得清清楚楚，很明澈，也很動人。而通常地，這時稻田上的飛鳥便開始多起來了，牠們彷彿也知道農夫大地的時節。

只不過，你可能還是聽不到稻苗發出的聲音，因為太柔太細了。所以你唯有將腳步放慢，或是靠在田埂旁邊，用眼睛觀察稻苗葉脈的變化，才能聽到那似有若無的稻葉清音。這種清音，當然就不同那種微風的婆娑或是狂風的虎吼了！而可能是一種由心靈發出的聲響，所以一般人也就聽不見了！

但那聲音是確實存在的，我想農夫一定可以聽到的、分辨得出。聽不到的，可能是那匆匆的忙碌人吧！

我說農夫可以聽到絕對有理由的，因為從來沒有人像他們那樣親近土地。我不禁回想我初次搬到這裡時，便是被農夫犁田的聲響吸引住的，那種感覺，如今想來溫暖不已。

那約莫是個清涼的午后吧！我疏懶的身體正在午睡剛醒的狀態之中，意識模糊地做著無聊枯燥的舉動。而這時，依稀從後窗傳來一陣規律的機械聲響，但原先我是沒有注意到的，直到後來意識稍醒時，我才忽然驚覺那可能是農夫犁田的聲音吧！難道我這片窗戶的後方，此刻正是農忙的時節嗎？

於是我不禁快步跑到後窗推開看看了，因為那種熟悉的聲響，自從我離開屏東家鄉後便很少聽聞了，如今竟然不知覺中可以重拾，那能不叫人欣喜欲狂？就算只是機械走過的聲音，我都覺得有股親切地味道哩！

推窗後見到的果然是想念已久的景物，一個農夫正坐在犁田機上，悠閒地來回犁走。因為天熱，他穿著一件薄汗衫，腳下的褲管則隨意捲起兩三層，露出堅實壯厚的小腿肚。而他是不穿鞋的，只在座位旁放著一雙沾滿泥土的塑膠雨鞋罷了！我知道，他等下會將雙腳踏在這片泥濘土上的，那是最芬芳的土地了！

連白鷺鷥都覺得這時的泥土最芬芳。我從來不曾見到稻田上飛來這麼多白鷺鷥，至少有數十隻，牠們的羽翼一如農夫的悠閒，漫不經心地飛翔在犂田機的周遭，宛如片片飛舞的白羽一般曼妙而下；我也從來不曾看過白鷺鷥有這麼豐富的表情——平日因為冷清的緣故，所以看到的白鷺鷥不是昂首飛翔便是低頭覓食，那像此刻的白鷺鷥，牠們興奮的不得了，或飛翔、或點足、或啄食，如一群頑童般。

真的，這群白鷺忙得不得了，那模樣好似在說，一年就這麼一、兩次而已，可得好好把握啊！這時因為翻田的緣故，所以田裡的一些小蟲比起平日多出許多，並且不像等到日後稻穗長高時，綿密一處，往往沒有踏足覓食的地方。所以，趁著這段好時光，鷺群都聚集到這裡來了，牠們和農夫機械的犂田機交響一處，讓我覺得那個午后再愉暢不過了。

當然，我其實有些討厭機械的聲響的，現代工業的機器總讓人覺得單調乏味。但不知怎地？我就是無法討厭眼前的這輛犁田機，雖然它的節奏依然單調，但卻絕對不乏味。我想，大概是因為農夫的悠閒將之淡化了吧！其次，則或許是和這群最自然的白鷺鷥有關吧！牠們有時還飛到犁田機上玩耍哩！那麼，連白鷺鷥都不討厭了，那我還有什麼資格講話？

所以這裡的聲響節奏是和諧的。午后烈陽的悶沈，恰被噠噠的犁田機一一劃破；而噠噠的犁田機的單調，又被變化飛舞的白鷺鷥調和過來。再加上老農嘴裡叼著的香煙，以及那副遺世獨立的模樣，於是流露出來的聲響就是和諧的。這種和諧讓倚在窗口的我暫時忘記現在已是二十世紀末了，也暫時忘了稻田外面幾棟鋼鐵高樓正在興建，可能破壞眼前的和諧。

我只覺得，眼前這片農田太珍貴了，而慶幸的是，從我那次午睡醒來，直到如今它都依然是這個模樣。我極期待這種聲響能持續千萬年。

苗栗的稻田和我屏東家鄉略異，因為這裡風勢較大，所以農夫經常在田間種植竹林，用以阻擋過猛的風勢。但卻因為如此，所以這片田園又多出幾許聲響，將原本的稻浪外又添以姿彩的樂章。

先說竹林本身的碰撞便具有豐富的聲響。例如竹幹交錯磨擦的聲音便極動人，彷彿無數老枝咿呀作響，擱擱嘎嘎，比起稻葉娑磨又多幾分沈雄的味道，也多了某些神祕的氣息。並且，假若你晚上有空走到竹林旁的話，靜夜中的竹枝交磨聲更是動人心魄，有時甚且還逼近震撼人的感覺哩！

當然，很少人會在夜裡還走到這片稻田竹林的，不過，就算只是白日無意經過，你依然可以察覺身側怎地多出好些飛鳥？例如平日少見的斑鳩，這時竟然就有五、六隻棲息在竹梢末頭，一副呆憨穩重的模樣，並不時發出嗚嗚的叫聲，像是有一番愁緒，又像在叫喚某種不可名狀的事物。反正，牠們此刻就靜靜棲在那裡，除非你去驚擾牠，否則牠似乎不願飛走呢！

比起灰色的斑鳩，五色鳥的叫聲顯然就嘈雜多了。牠們靈動的身影總是在竹林附近忙碌穿梭不停，一會將尾翼高高翹起地棲息在竹枝葉上，一會則展開雙翅快速地穿過竹梢頂端，但不論牠們的身影在那兒，竹林總會傳來吱吱喳喳不停的叫聲，和著原本就咿咿呀呀作響的竹莖，清脆鏗鏘地交響一處。稻田有了這群小小鳥，從此不再寂寞。

所以當你走過稻田旁的竹林時，一顆心將會忙亂的不得了，因為要照顧的東西太多了，有時必須輕鬆地看著白鷺飛翔的身影，有時必須傾聽翠鳥清脆的叫聲，那麼，更別提現代稻田旁還有一些電桿了，在那種老式的木桿上，隨時會有幾隻烏鶖棲停在那裡，而略呈彎弧的電線上則更有無數的白頭翁、麻雀，以及我根本就叫喚不出的鳥兒。那麼，你還能靜靜地走在稻田旁嗎？

而我還沒說老牛的哞聲與小狗的汪吠呢！雖然大部分的老牛都心甘情願地犁著田地，但當牠們忙完，在田岸吃草時，就經常會傳來陣陣的哞哞聲，那聲音深沈穩重到極點，聽到老牛的聲音瞬時會讓人放心不少，同時讓人感受擁有老牛，這片大地再安全不過了。也因此，幾隻白鷺鷥也都放心地棲停在老牛背上，顯然鷺鷥也在牛背上找到安穩的靠風港了。這一灰一白、一壯一細的畫面，在青青草地上呈顯無比的趣味。

老牛穩重，那麼狗兒便顯得靈巧些了。也可這麼說，當稻田旁的草地跑來幾隻小狗時，便會將原本的沈穩重新增添一股靈活，不再一味穩當莊嚴，而多了幾分活潑趣味。而狗的叫聲當然也極饒趣味的，尤其當它們追逐一塊，汪吠的聲響配合其它的叫聲，我就再也找不出這個天地還需要些什麼了。她已是豐富無比。

但這片田園天地還是有其餘的聲響無日地擴散著，只是尋常人不留意罷了！例如田溝間的小水流，有時便淙淙作響讓人讚嘆。雖然如今因工商發達以致溝流經常混濁不清，但在苗栗鄉間卻仍有不少水影清清的細溝，而只要水是清的，那麼它激出來的音聲當然也就是清的。

分分明明的水聲，柔柔順順地撫過溝岸的小水草，這又是一闋美妙的清音。

還有溝岸旁邊的蟲鳴聲。牠們經常躲在無數不知名的小草叢裡，在獨自的天地間發出仰天的長響。而牠們總不曾介意人類是否聽得懂牠們的語言？牠們只是長鳴、再長鳴，有時是整日單調地唱個不已，有時是突如其來的唧唧點點，總之，牠們的生命有時雖然短促，但卻是完足不已了！

除了水流、蟲鳴、牛哞、狗吠、風聲、葉聲、鳥聲之外，這片田園還有我們尚未察覺的聲響，無時無刻在此組成一闋〈田園交響曲〉。而我相信，除了這些耳朵可以察覺到的聲音外，應該還有許多耳朵所察覺不到的聲音！至於那察覺不到的，或許只能用心去感知了。只可惜的是，如今世人會用心的似乎不多呀！

這何其令人遺憾！因為田園本然如此美好，她就靜靜躺在大地之上任我們撫抱。有心的人，請在清晨黎明時到田園走走吧！也請在黃昏夕落時到田園逛逛吧！而如果夠情味，更不妨在暗夜時分來到！去感覺、去傾聽，這裡有無限的豐富。

攤子

很久不曾吃路邊的小攤子了，倒不是嫌它的味道不好，也不是嫌它的髒汙，而是怕吃不到昔日的滋味。

其實，光看現代路邊攤子的模樣，我的信心便減低了幾分。大部分攤子都用鉛皮搭成，配上壓克力做的招牌，在陽光下閃閃發亮，感覺真是刺眼，但總少了點溫馨的氣氛。更讓人受不了的是，大部分的攤子都是小貨車改裝的，太機械化了，也就冷漠的叫人無法親近。

我對攤子的定義是：很簡陋，木板釘成的，有兩個老舊的輪子，手推著走，攤子裡還擺著清涼的冰，或是熱騰騰的麵。攤子上方則有一片遮陽的板子，板子下垂吊著什貨。價目表是手寫的，字很拙，但很可愛。

如果再將攤子的定義擴大的話，那麼攤子旁還應有幾張長木板凳，每張都可容人在上面睡躺，此外，長椅後方是一兩株大榕樹，樹的周圍，若不是大廟，就是一間間簡陋的平房

——有榻榻米的那種。

我這一代的孩童，誰不曾蹲在長板凳上，狠狠地吸上一口長條麵，或是吃上一大碗的清冰呢？印象中，只要能蹲在攤子旁吃個零嘴，那麼這一天便沒有白過了。並且不只是小孩罷了！大人也嘴饞得很，雖然他們總是訓斥小孩貪吃，但其實自己也貪的很，往往在攤子上一賴，就是一整個下午的時光。

尤其我那些叔伯們，他們農忙一完，總喜歡順道繞到大廟旁的攤子邊，吃臭豆腐、喝四果冰，總能待上好幾個小時，甚至只是一杯楊桃汁，他們也能賴在那張長板凳上不走。因此，與其說他們是來吃點心的，倒不如說是來這裡聚會聊天的。而每個攤子老板，便像是萬事通一般，他們推著攤子走過很多地方，知道的事也就很多，聽他們談話，就可以知道村子裡又發生那些事了！

昔日的攤子當然也有分高級與普通的，我們村子最高級的一個攤子是賣烤香腸的，人家都叫他「大肥燕仔」，是個大肥胖子，他的攤子是電動三輪車改裝的，不必手推。經常地，我們遠遠便會聽到大肥燕的車聲，他總是替我們帶來許多鄰村的消息。只是，我們卻沒有太多閒錢買他的香腸罷了！

我們買得起的是那種較簡陋的攤子，他們的攤子就是用木板釘的，必須用雙手賣力的推。

推到路口，推到廟前，推到每一棵有村民聚集的大榕樹下。通常地，當這些小攤子架好時，也就開始出現歡樂的笑語了。

攤子用一個小鐵腳架撐好，攤販老板便會一一整理攤子的器具，例如賣冰水的便是一大堆的玻璃瓶罐，而小時候的我一直想不懂為何那些瓶罐得以保冰，讓我們吃了心涼脾透開？又如賣臭豆腐的則是一個熱油鍋，還有一桶未炸的油豆腐，當老板手中的竹筷攪動熱油中的臭豆腐時，空氣中便會傳出一陣臭得不能再香的味道，真是令人垂涎三尺。

我小時候有一個小小心願，就是每天都能吃一碗冰，一盤臭豆腐，也就心滿意足了；並且，這不只是我的心願，對每個鄉下人來說，吃攤子是最愉悅的事了。不論是坐在攤子旁吃，或是蹲在長板凳上吃，甚至是端到榕樹下吃，都讓人覺得人間極其溫馨可愛，東西的味道也就特別地香了。

白天的攤子好吃，夜裡的攤子更加有趣味，每到星期日夜裡，我家附近的一條大街便會聚集許多攤子，他們整齊地排列在馬路兩側，到了傍晚時分，都在攤子上掛起一盞小黃燈，照得整條馬路鮮明起來，也活了起來，彷彿擁有了生命一般。來來往往的村民與農夫，便穿梭在這些攤子之間，雖然大家都不富有，但總會留幾個錢用來吃攤子；雖然攤子的食物都很簡陋，但我們已覺得那是珍饈美味了。直到如今，我不曾吃過那麼好吃的烤香腸，那麼清爽的四果冰，那麼誘人的臭豆腐。是今天的烹調技術退步了嗎？絕不是的，而是感覺失去，記憶不復啊！

現在當然還有攤子，也還有夜市，而且攤子的食物更多樣化了。然而，攤子卻換成了貨車改裝，攤子上燈火則用發電機的電，通明如晝，並且攤子的老板都是不認識的人，所以也就沒有故事可說，當交易只是金錢往來時，味道自然也就出不來了。

前幾天，我心血來潮，跑到市場邊的一個攤子吃臭豆腐，這攤臭豆腐遠近聞名，我也覺得口味不錯。於是叫了一盤，便在路邊坐下來吃了，只是我卻愈吃愈急，因為馬路上盡是飛馳的車輛，高級的進口車總是呼嘯而過，看不到我童年時的腳踏車了；行人也是來去匆匆，他們很少慢慢地走，或是找一棵大樹坐下聊天，人們不曉得都在忙什麼？雖然衣著光鮮，但彷佛已失去靈魂。看到這樣的街景，我吃的速度還能悠哉嗎？

莫怪來這個攤子買臭豆腐的人，很少坐在攤子旁吃的，他們都買回家，在冷氣房裡享用著。因此，臭豆腐攤旁只有一兩張鐵椅，因為沒有人會坐在這裡啊！況且大樹也不見了，這攤子位在電線桿旁，那能有什麼趣味可言？而如果有一天真的有人蹲在椅子上吃臭豆腐的話，那鐵定會被人們譏笑為不文雅，粗魯，沒有水準呢！

但我是如何地懷念這些沒有水準的人啊？他們滿口粗俚言語，沒受過太多教育，只是用著長滿粗繭的雙手經營出自己每天的飯食，有閒錢便蹲在木椅上聊天，吃那談不上烹調水準的攤子。他們是多麼讓人懷念啊！

最近幾年中，我已有經濟能力到大飯店用餐，也發現大飯店中有不少昔日攤子上的小吃。不同的是，盛裝的器具卻現代化了，以前是粗陶的碗，現在改以精瓷，以前是人人共用的木竹筷，現在是免洗筷子，以前是叼著煙，雙手隨便在胸前衣服一抹的老板，現在改成頭戴大白帽的廚師，以及穿著筆挺西服的小弟，或是漂亮套裝的小妹……那麼，這些鄉土小吃還有風味可言嗎？

攤子已經不見了，就好像最溫馨和藹的長者也都不見了；攤子旁的大榕樹被砍掉了，就好像最親切的人心也連根斷絕了。唉！不知道什麼時候，我還能再吃一回路邊的攤子啊——那個用木板釘的，有兩個輪子的，必須用手推的攤子。

吃陽春麵的歲月

所有的麵食中，我對陽春麵情有獨鍾。每回到了麵店，看到牆壁貼滿各式麵食的價目表時，心中總有幾許感慨，想到我昔日吃麵的歲月經驗，那有這麼多的琳琅滿目？

昔日的麵店，價目表上頂多也不過是榨菜麵、麻醬麵、餛飩麵及陽春麵罷了。至於牛肉麵，那可是有錢人在吃的，我從不曾想過有一天能吃到牛肉麵。

十餘年前，我還是個土憨的鄉下高中生，因為家距離學校遠，經常中晚餐都得在外頭渡過。那時候學校附近有一家簡陋的麵店，便成為我每日報到的地方，約莫三年時光，我幾乎天天都坐在同一張椅子上吃麵。

因為家貧，所以我那時每天都是吃陽春麵，雖然店裡價目表也列有餛飩、榨菜等惹人眼睛一亮的牌子，但它們彷彿與我無緣似的，每當我進到店裡，老闆看我來了，便自動端來一碗陽春麵了。

不只我吃陽春麵罷了！我的同學人人都吃陽春麵。每到放學時候，我們一群外地學生總會到這家麵店，而還沒踏進店門呢！早見鍋爐旁已排滿十數個淡綠色磁碗，每個口徑都有二十公分寬，上下兩列地排開，真是壯觀。老闆一看見我們湧進，便開始他熟練的下麵動作，抓麵、煮熟、撈起、燙青菜、加調料，一一都讓我們看傻了眼，不到幾分鐘就已煮好十餘碗麵。我們都覺得老闆真是一個藝術家。

這家麵店並不寬敞，也就是五、六張桌子罷了！但椅子倒是不少，因此十餘個同學一齊湧進，便覺擁擠不堪，吃麵的時候，幾乎都是肩碰肩，腳碰腳地。尤其大熱天更是悶熱難當，但很奇怪地，那時候從沒有人叫屈過。

店裡是十餘個學生埋頭苦幹，店外頭也不閒著，約莫也是十餘個人在等候，有時我放學晚了，便經常是那群麵店門外的等候者之一。不過我很少煩躁的，因為看到老闆藝術化的煮麵動作，從熱騰冒白煙的湯鍋裡撈起油滑的麵條時，時間很快便過了。再看看老闆因煮麵而滿頭揮汗、手上毛巾拭個不停的情景，則又覺得吃麵是一種福分了，那還有抱怨的心情？

再說，學生吃麵的速度極快，三兩分鐘便解決一大碗麵了，這時就輪到我們進店了，而才在椅上坐下不到一分鐘，老闆的陽春麵便端了上來。一個大碗公，裡頭一圈剛燙好的白麵，還沒有化開，捲在一起。團麵旁則是清湯，一片明淨，上面則隱隱泛著一層油香，幾根翠綠的小白菜搭配一旁，讓人覺得這是最美的顏色了。

麵端了上來，拿起筷子便攪了攪，和著免費的醬油、辣椒拌成一片，吃在嘴裡，真有說不出的舒暢感。直到今天，我仍難以忘懷這種美味。

當然，還是有人吃其它的麵食，例如有錢人家，或是心血來潮時，他們經常會叫一碗麻醬麵，或是榨菜肉絲麵等，看在我的眼裡，真有說不出的羨慕。煮這種麵的時間須久一點，每回我看同學坐在椅子上等候的情景，總也幻想著，那一天我也能吃一碗麻醬麵？

其實，我那時是有錢吃麻醬麵的，一碗二十元，也就比陽春麵貴五元罷了，叫一碗麻醬麵，父親應該不會罵我才對。但因家貧，我知道父親賺錢供我唸書不易，於是經常地，就只能看著別人吃麻醬麵，而自己只能暗暗吞著口水罷了！吃麻醬麵對讀高中的我來說已是一種夢想。

然而我怎麼也沒想到，十餘年後，我的經濟能力已不只能吃麻醬麵了，甚至昔日認為天方夜譚的牛肉麵、排骨麵，對我而言都不是難事。現在，有時和妻到麵店吃麵，妻還經常苦惱於麵店的種類太少，都不曉得要吃什麼才好？然而我望了望價目表，林林總總，花花綠綠的貼了滿牆，那是我學生時代的數倍呢！

尤其現在的麵店多半裝有冷氣，吃熱騰的麵已不必再像昔日那樣揮汗，所以更應珍惜才是。但不知怎地，在牆上數十種的價目表上，我經常選擇的還是陽春麵。

等了一會，陽春麵端了上來，仍是一樣的白麵，一樣的清湯油水，一樣的翠綠小白菜，幾十年了，這種麵食依然未變，吃在口中，我的昔日情懷又一一泛了上來。

其實，「陽春」兩字是很好的意思，在古代有「陽春曲」，意思是最精純的音樂，沒有太多的浮華與旋律，但在平淡恬靜之中流露最高的心靈感受。這不很像陽春麵嗎？然而許多人卻喜歡在純白的麵條旁，加上一堆調味、肉類等，則又減低麵食本身的味道了！

如果你好好吃一碗陽春麵的話，將會發現真是人間美味，很爽口地、很乾淨地，入口滑溜，一氣到底，舒暢的不得了。不像吃排骨麵，經常就為了咬那塊大排骨而頭痛不已。這麼說來，吃陽春麵其實比吃其餘麵類還來得愉悅了！

當然，最愉悅的還是藉著陽春麵而想到以前的純樸歲月，在那個歲月裡，是沒有太多油膩，只有清湯的陽春麵的；是為了吃一碗麵而熱得滿頭汗流卻沒有怨言的；是可以花上半小時的路程從學校走到火車站，再在夜色中搭車返回鄉下老家的；是車程兩旁，盡是一片農家田園風光，沒有令人厭煩的鐵皮屋的歲月。而今，這些好像都起了變化，不復昔日了。

最明顯的，現在的人大多不吃陽春麵了，嫌太單調，清湯掛麵，沒有滋味，甚至連吃牛肉麵都覺得委曲，要麼應該到大飯店享用一客數百元的大餐才算享受。然而，那真是享受嗎？

我看是未必呀！

甚至有些麵店都不賣陽春麵了，滿牆的價目表上經常缺席了陽春麵，如果不是客人特別點明的話，這陽春麵恐怕要成為一代絕響了！或許今天的人已不甘於太過平淡簡逸的日子了吧！

前天去吃麵，妻依然為著點菜而傷腦筋，最後還是叫了牛肉麵。而這時則走進一個學生，穿著學校的制服，理著平頭，背個大書包，憨憨痴痴地問了老闆要一碗陽春麵，接著便選了個角落坐下，靜靜等候。那時候，當我聽到「陽春麵」三個字時，心頭都暖了起來，這個年代，還是有人吃陽春麵啊！

只不知，還有幾個學生能保有這麼憨痴的心啊！

沒有心靈界限的地方

一、育嬰房

每次到醫院，總習慣到育嬰房走走。育嬰房通常在產房外面，每天晚上七點到八點，這裡的窗簾總會輕輕拉啟，讓每個為人父母者，都能隔著玻璃窗看到自己心愛的初生兒。其餘的人家，不論大人或小孩，則也透過這片玻璃窗分享生命降臨的喜悅。育嬰房裡外，讓人覺得心靈可以完全沒有隔絕，只剩關懷與溫暖。

育嬰房給人的感覺總是清潔明亮。一排排的壓克力透明溫床，枕躺著一個個天真無邪的初生兒，他們大部分正在鼾甜熟睡，全不理會窗外溫暖的眼神。偶爾地，則會傳來一兩聲嬰孩的呵欠，不過，隔著玻璃窗，我們當然是聽不到聲音的，唯一的感覺只是想抱起他，讓他在我懷中伸懶個夠！此外，就是來回在育嬰房裡走動的護士了，她們總是穿著乾淨的長袍，仔細地照顧著每個嬰兒，就當是自己小孩一般。

其實，不只護士把嬰兒當成自己小孩，就算窗外互不相識的人們，他們的心思也是一致，全都欣喜於這般生命的美好。從他們的眼神中，我們很容易了解什麼叫作「愛」！那是一種當下純潔無私，只盼嬰孩能夠健康活潑、快快長大的眼神。而這些人，平日在社會上可能是冰冷的收銀小姐、也可能是粗魯的卡車司機，然而，當他們一旦聚匯到育嬰房時，卻早已排除一切的疏離隔絕，純任心靈深處最深刻的性情暖暖流出，洋溢在每個人的臉上。

這種溫暖，可以從兩對互不相識的產婦身上發現。我昔日陪妻產檢時，身旁總也是坐著另一對產婦，但很自然地，坐在一起沒多久後，便會親切地交談起來，交換著懷孕的心得與感受。人與人之間的溫情，似乎藉著子宮裡的那個小生命，一一地串連交繫著。然後，在產房一聲嬰兒誕生的哭聲響起時，產房外每個人都笑了，那是天地間最自然流露的笑容。

這就是生命的傳承！在這個人間，或許因為工作的繁忙瑣亂，或許因為人情的日漸淡薄，多少讓我們感受不到人間還有許多溫暖。每個人面對一己日趨老化的軀殼，心中也不自覺地跟著淡漠冷清，於是，當我們還不清楚人類的愛心究竟可以發揮到什麼地步時，卻在鎮日的繁瑣冷淡中，產生人與人間的隔膜，心靈從此畫上界限，再也無法騰出空間接納他人的愛。於是，我們開始感受不到生命傳承的喜悅。

幸好，人類的愛是亙始擁有的，雖然一時因壓抑而無法釋放，但那只是暫時尋不出引燃點罷了！一旦引燃，人類將會發現心靈竟然可以這麼純潔，完全沒有半些私利。所以老天安排嬰兒的誕生，藉著嬰孩無邪的臉龐，一一打開人人塵封已久的心扉。因此我們看到粗魯壯碩的大漢緊皺眉頭，因為育嬰房裡正傳來哭啼的聲響哪；而我們也看到含蓄害羞的少婦開懷笑顏了，只因為育嬰房裡正傳來連連的呵欠聲哩！每個尋常百姓的關心，都被這嬰兒的一哭一笑而深深牽繫著，雖然那並非我所親生，但對他的愛卻無論如何都是真心誠意的。

這便是天地大愛，在醫院裡最容易發現它的存在。在醫院裡，其實我們面對的都是一些病痛苦難，然而，正因為這些病痛苦難，才將每個人的心緊緊牽繫。對一個素不相識的人，當看到他身上插著大小管子，神色悽愴地被推進病房時，我的心總會狠狠抽痛，似乎那便是自己親人一般；而看到許多病患因家屬不治而痛哭神傷時，我也彷彿覺得那淚水是自己流下的一般。因此，醫院裡天天都在流著淚水，然而正因為如此，所以它總令人覺得清潔乾淨，似乎一切苦痛，都被人類的淚水給一一洗清了。我認為，假如我們能經常到醫院走走，那無疑是會激發更多人類的愛心的。

因此，因為常到育嬰房，我發現我們都變得更加溫柔了！似乎更能體會父母的偉大，也更能體貼世人的情懷。育嬰房是一個沒有心靈界限的地方，有的只是滿心的期待，以及生命的喜悅。假如我們對人性還存有許多懷疑的話，那麼看看初生的嬰兒，或許便能找回一些自信。因為我們每個人都是這麼走過來的，都曾經擁有純真無瑕的身軀與心靈，至於後天所造成的苦悶與繁瑣，是可以一一藉著人類的愛而洗去的。

老子曾說：「復歸於嬰兒」，實在值得我們反省。

二、土地祠

老家附近有一間土地祠，每日都有些老翁老婦前往供拜。因此，祠裡的香火總是日日煙裊不斷。我認為，當我們的生命走到成熟時，都必須到土地祠坐坐的，在育嬰房感受生命初降的喜悅後，更應該走向土地祠的圓熟與平穩。這裡也是一處沒有心靈界限的地方。

全臺灣的土地祠幾乎是同個模樣，無非是紅瓦飛簷，上面雕飾蟠龍飛鳳。祠不大，但一定有個廣庭，除了正中放置的大銅香爐外，便是一兩株老榕，幾張潔淨的石椅，三兩閒話家常的老人，加上一隻正沈睡的黃狗，這就是土地祠的全部了。然而，土地祠予人感覺卻是無限豐富，這種感覺，或許是建立在人人的良善本心而來的。

小時候，父母經常會帶我到土地祠，感受香火煙裊的氛圍，那時候，我最注意的是祠內壁上刻寫的善心人士名錄，密密麻麻地，著錄鄉人捐款的額數。有些上萬元，有些則數十元不等，總之，它們都刻成了文字，一筆一畫地鐫在壁上，告訴後人興祠的過往情形。小時候，我並不覺得它的偉大，只是隨著父母的帶領，一一從筆畫中認識我的鄉人。但如今，我卻發現這面小小的名錄，竟然只能在土地祠裡找到，這就值得思考讚賞了。

因為，我們難以找到鄉人同時誠懇地做著一件屬於家園的事。平日，他們總是各自忙著一己工作，或許是為衣食溫飽而打拼，或許是為功名利祿而奔走，真正要匯聚所有鄉人的向心，通常必須等到興祠蓋廟的時候。每逢村裡寺廟要翻修時，廟公總會拿著一本男丁簿，挨家挨戶地「撿丁錢」，而很奇妙地，那時每戶人家都貧窮，但他們認為替廟寺出一分心血是天經地義的事。因此，當還在煩惱下餐的米菜著落時呢！卻早已不吝嗇地挑出丁錢，供給蓋廟，因為鄉人們知道，全村共同擁有的就是這座土地祠了，有了土地祠，我們可以保平安，而老人家也有休息的場所了。這丁錢，無論如何要給！

於是，丁錢變成名錄，永遠地鐫在壁上，讓後人追撫思憶。而老人們也真正尋到貼心安慰的處所，可以放心地在土地祠裡下棋談天了。

每個午后，土地祠的棋局總是按時擺開，展開一場智慧的對決，而圍觀的老人更是七嘴八舌，紛紛談論棋面的變化。不過，下棋雖然吵鬧，但祠裡的氣氛予人的感受依然無比寧靜，就拿老人腳下那條黃狗來說，牠從來不曾被吵醒，而一旁坐著閒談家常的老婦，也從來不被老翁的棋聲干擾，總是人人找到自我定位，安然自得，唯一穿梭不停的，是幾個不用上學的頑童，以及終日不斷的香火罷了！

小時候我便是穿梭在其中的頑童之一。感覺上，老翁老婦總是百般慈藹，縱然有時因孩童過於調皮，不免招來一兩聲斥喝，但那感覺仍是溫暖的，因為老人們不是真的罵你，疼愛尚且不及，又那來的痛斥呢！所以每個來到土地祠的老翁小孩，其實情感便如自家祖孫一般，沒有隔閡，也從未真正起衝突。在土地祠裡，心靈的界限被沖淡了，隨著香煙的吹起，一一散入空中。

直到如今，我依然喜歡在午后微風裡，與妻散步到土地祠裡。我們總是學著老人準備好四果供品，虔誠地擺在佛桌上，然後，當一炷清香點燃時，我們的心靈頓時得到安頓。而妻更是學著老婦口中唸唸有詞，似在祈求平安，又像尋求慰藉。這時候，我真正發現土地祠的存在是必要的，因為鄉人老翁們實在太需要這處場所了，當外面的世界已是紛亂雜陳時，剩下的美感便是保佑在神明的庇護之下了。

當然，我與妻都還未老，但我清楚知道，有朝一日我們會老，而當老年來到，所求的便不是青壯時代的爭名奪利了，而只是攜手漫步在土地祠裡。在這裡，我們可以欣賞祠外那片油綠的稻田，稻香迎送微風吹過的情景；也可以聆聽祠邊竹林傳出的鳥雀鳴叫，聲聲扣住每顆會思念的鄉心。而這一切，或許只有老年人可以稍稍體會吧！

因此，有時候我倒是盼望自己快點老去，為的是享受那份再無爭奪的生命境界！只不過，我此時尚且年輕力盛，卻不知在我老去降臨時，是否還有這處土地祠呢？我一直擔心著。

三、中藥舖

從生到老，幾乎每個人都要經歷生病的過程，因此街角那家中藥舖，變成人們生命中一個重要的佇足點。我永遠無法忘卻舖裡傳出的陣陣藥香，似乎聞到那熟悉的藥材味時，不安的情緒也就暫時和緩下來了。

小時我多病，而西藥當時並不普及，因此到中藥房抓藥成了家常事。我記得清楚，當我病疾又患時，便又要去見那個中藥舖老闆了。他總是整日堆著滿滿笑容，加上一副油膩的身軀，似乎從來不知道何謂苦痛？我猜想著，一定是他每日聞著這些藥香味，所以才這麼健康和善吧！這樣的生命型態，叫我多病的身軀羨慕不已！

那時候，幾乎每個鄉人生病都會到這家藥舖抓藥，久而久之，藥舖老闆就成了我們村裡的和事佬，遇到無法解決的難題，通常鄉人選擇在此溝通。因此，沒多久後，中藥舖前便擺上一套木桌椅，用來泡茶、閒聊，以及談心賞月。

中藥舖老闆的兒子恰是我國小同學，因而我得以經常在他家穿梭來去，每天放學，一群孩童總愛到他家陽臺戲耍，看那滿天正待歸巢的飛鳥。那時他家的陽臺上，多的是各式正待曝曬的藥材，不過，我沒一樣認得出名字，只是覺得好奇，為何那一莖莖看來像雜草的東西，竟是治人疾病的藥方？想來便佩服不已。

莫不是嗎？祖母晚年多病，父親三天兩頭便要到中藥舖抓幾帖藥，回家煎成藥湯，再餵給已無法起床的祖母。那時候，我極驚訝這一小碗的黑沈湯汁，竟可以讓祖母不必咳得那麼厲害，再想到那就是陽臺上的草莖熬成的，但有時候我們竟然將它拿來玩耍，似乎有些不該！不過，同學的父親看到我們玩耍這些藥材時，通常不會打罵，因為中藥這東西，無論你如何玩耍，它仍不會減退藥性，不像現時的西藥，那能隨便胡亂玩耍？

我想，這或許就是中西性靈相異的地方吧！在中國，總是隨心所欲，任何草藥隨意擱放，毫無任何拘謹，就像中藥舖那群喝茶的鄉人，說來就來，說去就去。有時是穿著上田時的農衣，有時是洗澡完後的便服，但總是隨興地，連要聊什麼話題都不甚清楚，然而話匣一打開，卻是沒完沒了直到深夜，然後明晨一覺醒來，又盡皆忘掉了，只剩下前夜的舒暢歡喜。

西方大概不是這樣，他們總是莊重，勢必衣冠筆挺，才稱得上禮儀的聚會，比起中國民情，不免多了幾分嚴肅。在那種場合裡，人類的心靈是比較無法放開，不像我所居住的鄉間，表面看來似乎雜亂隨意，然而卻是日日好日，年年好年，鄉人們認為每天這麼地過，毫無半點遺憾！

現在這家中藥舖還在，不過我已長成，而探聽的結果，同學則已前往繁華都市發展，家裡只剩老父獨自經營。舖前的那張木桌，桌上的茶具似乎還在，不過來閒談的人倒是少了，聽鄉人說，昔日那些老人，泰半都已逝去，而青壯的一輩，不再耕田了，因此下班時間，也就對泡茶聊天興趣缺缺，都忙著打麻將去了。因此，中藥舖門前，顯得格外清冷。

就連舖裡的櫃臺也冷清了，原本滿滿整牆的藥材櫃，如今會被抽取的就只那幾樣，無非是補補老人身體，或是婦女作月子的藥材罷了！至於一般疾病，似乎沒有人願意相信中藥，而都跑到市場那家西醫診所了！然而，我從不曾看見那家診所擺上茶具讓人喝茶聊天，裡邊的醫師更是忙碌得很，似乎沒空再陪老人談心。每個求診者，臉上也都像是蒙上一層冷漠，反倒不如城市裡的大醫院，偶爾還會傳來幾聲親切的問候，這情景出現在號稱人情味濃厚的鄉間，有些隔膜難信。

我期待中藥舖不要消失，希望鄉人能永世地泡茶聊天，因為這是鄉間僅剩不多的沒有心靈界限的地方了！

四、殯儀館

張師母去世時，我第一次來到臺北市立殯儀館。在這個肅穆場合裡，余傳韜校長、蔡信發院長及許多文學界師長都來祭悼。我從他們哀悽的面龐可以知道，人人心思盡皆一致，就是希望張師母得以安息，不要再被胃癌苦痛所侵擾了！殯儀館裡，氣氛雖然肅穆哀悽，但始終流遍溫暖的感動，眾人因死者的離去，緊緊地繫住平日少見的情誼。

平日大家都忙，至親好友經常因工作忙碌而無法團聚，唯一能聚匯親友的時刻，往往就是某個親人的逝亡，因為我們找不出任何理由，能不在這時趕回家安慰死者的靈魂。於是，在這個原本哀默的場合裡，你見到許多未曾聯絡的親朋，一一又出現眼前，和靜躺在棺木裡的親人比較起來，你將發現活著是件再珍貴不過的事情。

真的，人命經常便在須臾之間消逝，例如我的祖母，便是在一個風和日麗的早晨，悄悄地睡在床上離去。祖母走時，我們毫不知覺，父親上班、母親上市場，而我三兄妹則在學校玩耍，直到中午回家，才發現已然天人永隔。不過或許正因祖母是悄然而逝的，所以我們沒有大悲痛，反倒覺得一切自然，剩下的便是後事的處理了。

接下幾天，遠地多年不見的親友都回鄉了，有些我連名字都辨不出的，這時也聚在祖母的靈前號哭。然而，雖說是痛哭一場，但我總覺得其中氣氛是溫暖的，根本不曾令我童稚的心靈畏懼。我印象中，當他們哭過後，便又忙著處理出殯的事宜了。有些忙著製作麻紗孝布，有些忙著起火煮飯，平日略呈清冷的大庭院前，這時因為眾親人的聚集而變得熱鬧起來。

場面的熱鬧，甚至有些讓人覺得這並非一場喪事，反倒像是家族的團聚。幾個老妯娌，昔日都有過小磨擦衝突的，但今日聚在一塊，心思卻歸於統一，都露出了笑容，親切地談天，交換多年異鄉客居的經驗。大庭院前，只剩祖母的棺木靜靜置放著，似乎也在感受親人溫暖的話語。這點，正是鄉下喪禮令人喜悅的地方。

因此，與其說喪事是恐懼的，倒不如說是親切的。在我的鄉人看來，祖母雖然已去世了，但並不表示她真的已離我們而去，她的生命依然是繼續的，所以親人為祖母縫製的孝服、請來的法師超渡、乃至鑼鼓鞭炮的喧響，無非都是希望祖母死後的軀體能得到安息。此外，這些儀典的用意更是做給年老的一輩看的，目的在告訴他們，我們並不會因為人的死去便草草埋葬，而仍是如平日的尊敬、莊嚴。這麼一來，當老年人看到場面的繁複與溫馨時，便也就可以放心地離開人間了！

所以我是贊成喪禮的繁複的，因為那是同時對死者的告慰與對生者的尊重。這種情形，也可從每年的清明節發現。偌大的整片山，平日泥墳處處、遍生雜草，氣氛不免有些荒涼。

然而清明一到，親朋又都聚集，又回到昔日農村社會的親切，準備著素果香紙，紛紛在同一時間聚到山頭，那種熱鬧場面，就像是過年的美好愉悅。各家墳前掃祭的鄉人，再也沒有任何心靈的界限，總是互相關照、相互慰問，再大的不悅，因為掃墓而得到化解了！

我極喜歡掃墓的氣氛。在這時刻，我們都從遠地回到家鄉，在鄉人老者的帶領下，一一掃祭著每個親人的墳頭。這些墳頭，因為散處各地，所以我們總得披荊斬棘，甚至得跨越他人的祖墳。然而，沒有人會怪你踏上他家的祖墳，而只是親切地問候一聲，問你口渴否！要喝開水嗎？許多平日不見的幽默感，此時都一一散發出來，原本苦哀的山頭，這時充滿歡愉的笑聲。在這個氛圍裡，整座山頭成了一家人，和著長躺地底的祖先，又全部團聚了。

當祭掃完畢，族人又在老者的帶領下一一收拾妥當，回家祭拜祖先牌位，然後在一頓豐盛的餐飯後，人人又踏上他鄉的歸程，期待著明年的祭掃。這種民俗儀典，讓我們覺得死亡可以是件毫無畏懼的事。

不過如今傳統的公墓地少見了，一般人改選齊整畫一的殯儀館作為祭葬祖先軀靈的地方。雖然山頭歡樂的氣氛消失，但那股鄉心特有的哀悽與祝福，仍一一在殯儀館裡散放，讓人覺得殯儀館的場面雖然有些冷清，但仍不失溫暖的感動。而我相信，當人們踏進殯儀館時，面對靜躺的祖先，以及祭悼的親朋時，紅塵的一切是非，便可一一從我胸中盡抹而去了，因為這裡是沒有心靈界限的地方，面對真實性命必然的生老病死，我們又有何值得爭吵的地方呢！

已日漸消失真誠性靈的現代社會，人人都要踏實地將生、老、病、死走過一遍。在這四處沒有心靈界限的地方，我們發現生命是不斷傳承延續的，身軀縱會老、病、死，但新生命仍將生起，隨著我們亙始不易的親情精神，仍將一一流佈人間，又那裡有結束的一天呢！

三民叢刊書目

㉖作家與作品　謝冰瑩著
㉗冰瑩書信　謝冰瑩著
㉘冰瑩遊記　謝冰瑩著
㉙冰瑩憶往　謝冰瑩著
㉚冰瑩懷舊　謝冰瑩著
㉛與世界文壇對話　鄭樹森著
㉜捉狂下的興嘆　南方朔著
㉝猶記風吹水上鱗
・錢穆與現代中國學術　余英時著
㉞形象與言語
・西方現代藝術評論文集　李明明著
㉟紅學論集　潘重規著
㊱憂鬱與狂熱　孫瑋芒著
㊲黃昏過客　沙　究著
㊳帶詩蹺課去　徐望雲著
㊴走出銅像國　龔鵬程著
㊵伴我半世紀的那把琴　鄧昌國著
㊶深層思考與思考深層
・轉型期國際政治的觀察　劉必榮著
㊷瞬　間　周志文著
㊸兩岸迷宮遊戲　楊　渡著
㊹德國問題與歐洲秩序　彭滂沱著
㊺文學關懷　李瑞騰著
㊻未能忘情　劉紹銘著
㊼發展路上艱難多　孫　震著
㊽胡適叢論　周質平著
㊾水與水神
・中國的民俗與人文　王孝廉著
㊿由英雄的人到人的泯滅
・法國當代文學論集　金恆杰著
(51)重商主義的窘境　賴建誠著
(52)中國文化與現代變遷　余英時著
(53)橡溪雜拾　思　果著
(54)統一後的德國　郭恆鈺主編
(55)愛廬談文學　黃永武著
(56)南十字星座　呂大明著
(57)重疊的足跡　韓　秀著
(58)書鄉長短調　黃碧端著
(59)愛情・仇恨・政治
・漢姆雷特專論及其他　朱立民著

⑬¹	生肖與童年	小民著 喜樂圖
132	京都一年	林文月著
133	山水與古典	林文月著
134	冬天黃昏的風笛	呂大明著
135	心靈的花朵	戚宜君著
136	親　戚	韓　秀著
137	清詞選講	葉嘉瑩著
138	迦陵談詞	葉嘉瑩著
139	神樹	鄭　義著
140	琦君說童年	琦　君著
141	域外知音	張堂錡著
142	遠方的戰爭	鄭寶娟著
143	留著記憶・留著光	陳其茂著
144	滾滾遼河	紀　剛著
145	王禎和的小說世界	高全之著
146	永恆與現在	劉述先著

⑭東方・西方

夏小舟　著

東方古老神祕而透徹，溫情而淡漠；西方快樂的吉他演奏悲情的歌。長年浪迹於日本與美國的作者，如同一葉小舟，以其豐富的情感，敏銳地觀察異國生活情趣不同面貌，進而以細膩文筆記錄下來，使讀者能藉由閱讀和其心靈有最深切的契合。

⑭嗚咽海

程明琤　著

作者以行世的闊步、觀想的深情，帶領讀者閱歷世界——一同憑弔瑪雅文明的浩劫災難；吟詠廬山的懸松傲柏；繫情塞歌維亞的夕輝斜映；漫遊唐吉訶德的故鄉。更以人文的關懷，心靈的透悟來探思文化、體驗人生、拓昇智慧。

⑭沙發椅的聯想

梅　新　著

擔任中副總編輯多年，梅新先生經歷了文化界的春去秋來，看多了人事的起伏，由他敏銳的觀察力所發抒成的文字，也更能扣緊時代脈動。本書包含作家訪談、藝文評論、生活自述，透過這些真摯生動的文字，我們彷彿見到一幅筆觸淡雅的文化群相。

⑮資訊爆炸的落塵

徐佳士　著

在日新月異的電動玩具之外，您是否亦曾留意到資訊時代來臨在你我生活中所產生的新情境？在傳播媒體提供的聲光娛樂之餘，您是否關心其後所產生的文化衝擊？本書深入淺出為您剖析資訊社會中大眾傳播激盪下的文化省思，值得您細心體會。

151 沙漠裡的狼

白樺 著

像在冷冽的冬夜裡啜飲著濃烈的茶，感受一種在蒼茫大地上，心海澎湃的震顫。那麼地古老、深沈，剎時間，恍若置身廣闊的大漠，一回首，就是長城。這是金鼎獎作家又一直指人性，內容深刻的作品，請您在一個適合沈思的夜晚，漫步中國。

152 風信子女郎

虹影 著

一本能深刻引起讀者共鳴的小說，其必然與人世現實生活有著緊密的關連。本書作者秉持著對人的命運的關切，遠勝於對以往藝術形式的關注，賦予了文學創作的生命。從本書作者對人物刻劃描述的過程中，可窺知作者對此一理念的堅守。

153 塵沙掠影

馬遜 著

生命的旅途中，有許多可掌握的機運，但似乎一半早已註定……。馬遜教授從故鄉到異國求學，最後來臺定居，繼而與佛結了不解之緣。滿懷豐富的情感，細膩的筆觸，深刻的寫下了旅赴歐美等地之點滴情事，而念舊懷恩之情愫亦時時浮現於文中。

154 飄泊的雲

莊因 著

歲月的洗禮，在人們內心深處烙印著痛苦、悲哀、快樂與美好的回憶。由於時代的變動、戰爭的摧折，作者歷盡滄桑的輾轉遷徙，使那些漂流不定、幻化多變的過往，煥發出人生的智慧。就讓我們乘著飄泊的雲，領會「知足常樂，隨遇而安」的生活哲理。

⑮ 和泉式部日記

林文月 譯．圖

本書為日本平安時代文學作品中與《源氏物語》、《枕草子》鼎足而立的不朽之作。書中以簡淨的日記形式，記錄了一段不為俗世所容的戀情。優美的文字，纏綿的情詩，展現出愛情生活中細膩的起伏感受與歡愁，穿越時空，緊扣你我心弦。

⑯ 愛的美麗與哀愁

夏小舟 著

愛情之於女人，常常是引誘飛蛾撲火的明燈，是絢麗的毒花，可女人偏偏渴望愛情。作者列舉許多男女的愛情、婚姻故事，郎才女貌未必幸福，摯情摯愛未必有緣，只是男人與女人之間如同萬物的規則，一物降一物，鹵水點豆腐，魔高一尺，道高一丈。

⑰ 黑月

樊小玉 著

丁小玎隨著所在的中國公司到國外做勞務承包。因為是公司的英語翻譯，加上辦事勤快，見了人又總是一個柔柔和和的笑，於是很快就引起當地大部分男人的注意；而小玎能否在心儀的外交人員與愛慕自己的餐廳老闆間找到最後情感的歸宿？……

⑱ 流香溪

季仲 著

作者透過一群「沿江吉普賽人」在流香溪畔發生的動人故事，牽引出現代觀念與傳統文化的價值矛盾、中日文化的碰撞衝突、人與自然的挑戰，以及善與惡的拉扯等；全書行文時而如行雲流水，時而又如波濤洶湧，讀來意趣盎然，發人深省。

⑮⑨ 史記評賞

賴漢屏 著

司馬遷《史記》一三〇篇，既是「究天人之際，通古今之變」的史學鉅著，也是我國古代傳記文學的精華。本書作者自幼即喜讀《史記》，從師學習，如今蘊藉已深，以其深厚的治學基礎，發為見解獨具的文采丰華，帶領讀者一探《史記》博雅的世界。

⑯⓪ 文學靈魂的閱讀

張堂錡 著

文學的力量使孤寂的心靈得到慰藉，貧乏的人生變得富有，唯有肯駐足品味的人才能透晰其所傳達出最深藏的祕密。本書共分三輯，窺視文學蘊含的殷情深意；感受其求新求變以及對大環境的價值。各自激發不盡的聯想與深沈的感動。

⑯① 抒情時代

鄭寶娟 著

在平淡無奇的生活中，你可曾留意生命中點點滴滴不平凡的小故事？作者以其平實的筆觸，刻劃出看似平凡卻令人難以遺忘的人生軌跡，你我都可能身在其中。書中情節所到之處，或許平凡、或許悲傷，但卻也不時充滿著生命的躍動，值得細細體會。

⑯② 九十九朵曇花

何修仁 著

人生有多少夢境會在現實中重複出現？夢境中，是山間的樵歌？是白雲間的群雁？還是昔日遠方純樸、悠閒的鄉漫步？作者來自屏東，以濃郁深摯的筆調，縷縷細述人生中最動人的記憶，伴隨你我步履於南臺灣的舊日情懷，一同感受人間最純摯的情感。

⑯③ 說故事的人

彭歌 著

這是作者多年來觀察文壇、社會與新聞界的肺腑之言。輯一故事與小說自不同角度探討小說寫作；輯二人與文刻劃出許多已逝人物卓然不凡的風範；輯三海外生涯則寫遊記、觀賞職籃等旅居海外之觀感。讀了此書，彷彿親身經歷了一趟時空之旅。

⑯④ 日本原形

齊濤 著

從明治維新以來，日本的一舉一動都對世界有著深遠的影響，尤其對臺灣來說，其影響更是巨大。作者長期旅日，摒除坊間「媚日」或「仇日」的論調，以客觀的描述，剖析日本的現形。對想要了解日本時勢與脈動的人來說，是不得不看的一本好書。

⑯⑤ 從張愛玲到林懷民

高全之 著

作者以嚴謹誠虔的態度，客觀分析的筆調，來評論臺灣當代小說，深深讓讀者了解近代文學的特點，進而深入九位作者的作品中，提供一些深刻的創見，帶領你我欣賞文學的美與實，進而體驗文學對生命喜悅、悲哀等生動的描述。

⑯⑥ 莎士比亞識字不多？

陳冠學 著

莎士比亞識字不多！一直以來被誤認是個偉大的作者。讀過本書，應能還莎士比亞一個清白，他絕對不是一個掠美者。這把聖火在臺灣重新點燃，希望將來這聖火能夠由臺灣再度傳回英國，傳到世界各地，也好讓莎士比亞的靈魂得到真正的安息。

⑯⑦ 情思・情絲

龔華 著

「妳，像野薔薇，清香，混合在黎明裏，催我甦醒。沒有妳，我睜不開眼睛，走進陽光的世界。她，是我在黃昏裏，永遠踩不到的影子。像夜來香，惑我走進黑夜的濃郁……」本書集結了龔華在〈中副〉發表的散文，篇篇情意真摯，意境深遠，值得細細品味。

⑯⑧ 說吧，房間

林白 著

一個是離婚、失業的中年婦女，一個是愛熱鬧的單身貴族。兩個背景、個性迥然不同的女子，為何會發展出一段患難與共的交情？且看兩個女子的心情告白。本書在作者犀利細膩的筆調下，深刻描繪出都會女子的愛恨情仇、悲歡離合，值得細細品味。

⑯⑨ 自由鳥

鄭義 著

六四事件的悲憤情緒才剛平復，對八九民運功過的批判聲音竟已隨之響起。對此，大陸流亡作家鄭義，以一幕幕民運歷程與鐵幕紀實，申訴著他的心痛與不平。文中流露對同胞的關懷和自由的嚮往，深深地牽引著每一個中國人心中的沈痛與感動。